Contents 目录

001　引　子

015　第一章　向死而生

027　第二章　家族往事

057　第三章　红其拉甫

073　第四章　死亡之谷

111　第五章　群山记忆

129　第六章　落雪有声

141　第七章　与万物生

161　第八章　提孜那甫

175　第九章　昆仑山下

189　第十章　红色家风

主要人物关系图

父亲
拉齐尼·巴依卡

曾祖父
凯力迪别克·迪力达尔

祖父
巴依卡·凯力迪别克

白英雄

大狗

父亲
拉齐尼·巴依卡

母亲
阿米娜·阿力甫夏

我（女儿）
都尔汗·拉齐尼

弟弟（儿子）
拉迪尔·拉齐尼

引 子

六月飘雪总是会拖慢塔什库尔干苏醒的脚步,叶子慢慢地绿,草慢慢地长,牦牛慢慢地回家,河水慢慢地解冻,一切都慢吞吞的。

帕米尔高原像个倔老头儿,只顾向前赶路,从不抬头看人,固执地保持着自己的坏脾气与慢悠悠的节奏。只有到了真正的夏天才会有所变化。夏天是帕米尔高原草木葳蕤的时令。阳光焐热冰雪,孕育新生,孵化万物成熟后,才在冬天打个盹儿。

在冬雪将万物藏起来之前,是收获的金秋。

在这个季节就要开始收割青稞和牧草了。到了八月初,父亲就会把那柄又大又长的老镰刀拿出来为收获做准备了。躺了一年的老镰刀暗黑锈蚀的锋刃依然在沉睡,父亲会找来一块平整的石头,吭哧吭哧打磨。锋刃被父亲的手紧紧按贴着石头上下滑动。阳光不动声色地追随着父亲的动作,在锋刃上打出金灿灿的光亮,像是跟父亲一起在用力。镰刀在经历了一次人与光的洗礼之后,重新显露出锋芒,由锈铁还原为一柄利刃。

收拾好镰刀,再给三轮车加满油,一切准备妥当,父亲就会早出晚归,一边为九月进吾甫浪沟巡逻挑选牦牛,一边扛着老镰刀去牧场割草。

他是一把割草的好手,每次都比别人割得又快又好。

父亲个子不高,镰刀在他手中,刀杆似乎比他还要高。他斜跨一步,双脚一前一后,略微错开,扎着稳健的弓箭步,身体前倾,双手上下紧握木柄和木把,然后用力挥出去。

镰刀带着风声落下去,划出一道闪亮的弧光,紧贴着地皮,唰的一声,一排草就会倒下来,并顺着倒下的余势,整齐地收拢成一堆。

在塔什库尔干,检验一个好牧人的标准之一就是收割牧草,看谁的牧草割得又干净、又整齐、又好捆扎。但可气的是,虽然父

引 子

亲是村里数一数二的割草高手,我们家的牧草却总是最后一个收割完。

阿瓦古丽·撒努巴尔大妈体弱多病,家里就她和儿子俩人。儿子一出门,家里只撇下她一个。平常他们家的农活基本都被我父亲包揽下来了。

还有阿依古丽奶奶,走路颤巍巍的;合力发家,没有干活的人……等父亲帮着大伙儿干完活,最后才能轮到自己家,可是这时候也差不多快要到九月进吾甫浪沟巡边的时节了。

若是因为巡逻来不及收割,这些农活就全部压在母亲身上。母亲穿着长裙,戴着花帽,瘦瘦小小,跑来跑去,身上似乎有使不完的劲儿。但她也有干不好的事儿,譬如割草,对于有力气的男人来说,不过是小菜一碟,可是对于母亲就难了。她身形瘦削,在一群割草的大男人中间,像是一朵纤弱的苜蓿花。弯腰干活时,她紧抿着唇,神情专注,瘦削的手掌会因紧握木柄暴出青筋。可尽管她使出全身力气挥舞镰刀,牧草依然不听指挥地乱飞。于是又需要花力气再把它们归拢起来。割上一阵子,母亲就得蹲下整理地上那些乱七八糟的牧草。不大一会儿,她的腰就受不了了,不得不站起来,用手捶两下,缓一缓,继续干。

母亲很好强,不愿意落在人后。她总是一个人想尽办法把牧草收回来,再去收青稞和豌豆。家里十亩地收完,她常常累得饭都不想吃。很累的时候她也会生气,生气的时候就会把手中的活儿狠狠掼到地上,气哼哼地沉着脸。可是每次父亲巡逻回来,她所有的气就烟消云散了,脸上笑开了花,跑出跑进特别高兴。当然母亲偶尔在父亲面前闹脾气,可只要父亲一逗,她就绷不住啦,满脸乌云化成了灿烂阳光。我觉着,父亲和母亲在一起就是"一物降一物"。

不过母亲怎么也不会想到,以后,这一切农活,甚至是整个家庭都需要她一个人来扛。父亲不在了,没有人再去磨镰刀割草,没有人去放牧牛羊,也没有人再惹她生气后把她逗笑了。她的悲伤无从掩饰,眼睛黯如潭水,没有一点点光亮和涟漪。

我们都被埋在失去父亲的悲伤阴影里,久久无法走出来,连大狗种也不例外。

无论天气怎样,大狗种始终没精打采的,再也不复过去的神气活现。过去它陪着父亲一起出去巡逻,可是出了名的凶悍。父亲曾说过,种上得高山,下得冰河,连狼都不怕。可是现在,它从一片阳光下挪到另一片阳光下,将脑袋放在前爪上,吐着舌头忧郁地趴在院子里不肯出门。

有时它老半天呆呆地盯着门口,即使格桑花花瓣跌落下来,砸在它棕色的鼻头上,或者有瓢虫飞过,砰的一声撞向它的脑袋,它也完全不理不睬,像是毫无知觉一般。有时它干脆侧过头,

引 子

谁也不看,将身体弓起来,蜷成一个括弧,将半边脑袋埋进去,留出半边脑袋呆呆地盯着远处的大山出神。

父亲就躺在大山脚下,那里除了石头和一个个埋葬着的祖辈,什么都没有。即使是到了夏季,连红其拉甫都长出了牧草,那一片山峰依旧光秃秃的,远远看上去,像是一堵巨大的高墙,不仅隔绝着山的这面和那面,也隔绝着生与死。只有大朵大朵的云来来回回不断地自由翻卷着,云来了云去,云聚了云散,一刻也不停留。

除了云,塔什库尔干河水也一刻不停地日夜奔流着。山挺直身子,将手伸向天空,将空中的湿气收纳在掌心,凝结成雨水和积雪,再逐一释放。云遇山成雪,雪遇夏成水,一路滋养着塔什库尔干。

还记得春节那天,别人在欢歌笑语中欢庆新春,祖父带着我们全家去兴都库什山下给爸爸扫墓。我们踩着冻得硬邦邦的小路,穿过巨石遍布的戈壁滩,来到墓地。

父亲的墓地上依然有未曾完全干枯的鲜花,全家人围在墓地旁边,都不说话。妈妈掏出一块毛巾,轻轻地擦拭上面的灰尘。她的动作轻柔极了,像是怕惊醒父亲似的,轻拂一遍,再轻拂一遍,迷离的眼中泪水涟涟,溪水般跌落下来,弄湿了刚刚拂拭过的地方。

祖父弓着腰站着,他的五官痛苦地挤成一团,泪水沿着布满皱纹的脸颊蜿蜒流淌。许久许久,他用力闭上眼睛,将白发苍苍的头低垂下去,用枯干粗糙的大手抹去脸上的泪水。那一刻,祖父在寒风中抖得像一片落叶。

而我和弟弟拉迪尔除了哭泣,哭泣,还是只能哭泣。那是一个"下雨"的日子。

祭扫简单且庄重。泪水流尽了,可心却沉在潭底。我们终于不得不往回走了。

快走到环山公路边的时候,拉迪尔突然停了下来,指着天空中的云团说:"那像不像一只鹰?"大家止住脚步,顺着他的手指望过去。

从大山上飘过来的云团,正排着队向着前方疾飞。其中一片镶嵌着金边的云黑灰黑灰的,携了雨雪,像是一只苍鹰羽毛蓬松,御风而行。

我们抬头仰望,云团像是知晓了大家的心意,于是变慢了速度,也静静望向我们,良久,才加快速度,疾飞而去。

大家静静地看着。待云团远去,祖父才低下头看向我们,怜惜地说:"孩子们,你们要相信,你们的父亲一直都在陪着我们,从来都没有离开过,也永远不会离开。"

雄鹰是高天上的守护者,当天空心碎的时候,它就会来回地

引 子

兴都库什山

·我的父亲拉齐尼·

兴都库什山

引 子

盘旋,缝补天空,让天空愈合。

"云深闻鹰唳,山高见鹰飞。"

爸爸,您正在天空之上悄悄地守护着我们和这片高原吗?

偶尔,我会听到鹰唳声。那声音像尖利的哨子撕开空气,急促、悲壮、坚毅,像在进行一场激烈的战斗。但是等我跑出屋外,向天空眺望,湛蓝如海的高天上,除了云与炫目的阳光,什么都没有。

只有大狗种继续趴在那里,见到有人路过,恹恹地抬起头瞥一眼,然后又无精打采地垂下头去。

它是在想念主人。

那天,加尼丁叔叔来了,人还没走进院子,种就突然跳起来,支棱起耳朵,静静地听了一会,迅速扑向大门口。

它兴奋地围着加尼丁叔叔转来转去,将他前前后后闻个遍,又用两条后腿努力支撑着身体,将前爪搭向他的手臂,尾巴摇得像螺旋桨一样。

亲热完了,它抬起头,看向加尼丁叔叔空荡荡的身后,又满怀期待地瞅向他,不时发出几声呜呜的呻吟,脑袋来回摆动着,像是在寻找答案。见加尼丁叔叔没有任何回应,它开始哼哼起来,带着不满与疑问,迟疑不定地抬起头眼巴巴地瞅向加尼丁叔叔,像是在问他:"加尼丁,拉齐尼呢?他总是跟你形影不离,为什么你回来了,却看不到他呢?"

　　加尼丁叔叔显然并不懂得种的心思,他只是习惯性地挠挠它的耳朵,拍拍它的脑袋,跟我和弟弟打声招呼,就转身走进祖父的屋里。

　　种热切的眼神慢慢黯淡下来,尾巴停止了晃动。它像个无助的孩子,茫然无措地看着加尼丁叔叔的背影消失在门帘后,又转头看向大门,过了很久,才发出一声失望的呜咽,又重新退回到那一小片阳光下,将头深深埋进脚掌间,背脊抽泣般微微耸动。

　　每次看到种的样子,我都心疼且难过。我知道,种在想念父亲,那一小片阳光,被它当成了父亲的怀抱,一刻也不舍得离开。

　　祖父前阵子瘦得厉害,几乎只剩下一副骨架。即使是夏天,他依然穿着厚实的中山装,无时无刻不带着他的吐马克帽子。风从他空荡荡的衣襟下穿过,像是可以轻易地将他卷走一样。

　　他越来越沉默,像是荒原中静静伫立的一个雪人。如今这雪实实在在落在了祖父的头顶上啦。他的头发几乎已经全白,经常咳嗽,腰病也越来越严重。无人来访的时候,他会斜靠在柱子旁,若有所思地望着跑前跑后的小叔叔拉飞和拉迪尔。有时走到院子里,看着对面的大山,神情黯淡。

　　拉迪尔还小,他还不太明白死亡是怎么一回事,他是我们中

引 子

大狗种

复原最快的。有一次他又开始淘气,我生气地说他简直没心没肺,想要揍他,但是终究下不去手。我知道他也非常非常想念父亲,只是他还是小孩子,不明白死亡到底是怎么回事。

有一次,拉迪尔在门口玩耍,看到小伙伴的父亲来接儿子回家。拉迪尔眼巴巴地看着小伙伴爬上他父亲的摩托车后座,开心地向他挥手道别,然后带着风声呼啸着离开。他停在那里,眼里渐渐溢满泪水,然后噙着两汪泪,悻悻地跑回家,独自躲到自己的书桌前,谁也不理,将头低下来,埋进书桌前的抽屉,偷偷翻看父亲的照片。

看到拉迪尔难过的样子,我也很难过,可是,我要怎么来安慰他呢?

母亲也还是老样子,自从父亲离开以后,她的眼睛就变得空洞洞的,话更少了,有时一天也说不了两句话。

阿力甫夏外公放心不下,每天都会来陪我们。年迈的外公总是坐在土炕边上,袖着手,神情担忧,目光盯着窗外,耳朵却在留神听着我和妈妈、弟弟的声音。

自从父亲出事之后,阿力甫夏外公、阿孜孜夏舅舅和姨妈们陪了我们很久,可是大家的脸上都很少看到笑容。

父亲走了,也把笑容从我们身上彻底带走了。

我知道死亡就意味着消失不见。从此,无论我多想念父亲,

引 子

多希望跟他说话,都不会再见到他,再触摸到他了。

有一天,我梦到他回来,还是像往常一样风尘仆仆地推开门,然后喊着:"都尔汗,快来,看看爸爸给你带了什么好东西。"我从屋里跑出来,跑到他的跟前。他还是老样子,一点都没变。我刚想对他说:"爸爸,我很久没有看到您了,您怎么才回来?"

可是,还没等到我说话,他就突然消失不见了。

父亲曾经说过,他会陪我和拉迪尔长大,带我们去北京,去人民大会堂和很多很多地方。他也对祖父说,他一定要护边满四十年再退休。他从来说话算数,没骗过我们,这次却食言了。

这几天,天气有些阴郁,午后,我拽着无精打采的种出去走走。我们走出家门,穿过高原柳环拱的小路,越过青稞地,向着大山的方向走去。

四面无人,柳树搭建的狭长拱门,向前无限延展着。这条路笔直通向天光的尽头,像是通向世界的尽头一样。风声拂动柳叶,发出水流击打空气般的清脆回响。我们像是行走在一条寂静的时光隧道中,流散的记忆跟随着风声从四面八方聚拢过来,在柳枝间上下飞舞,彼此追逐着,越来越清晰。那些逝去的快乐与悲伤的时光,一齐飞扑向我,在眼前一一显现。

第一章 向死而生

"啊,这水可真凉啊!"

刚踩入水中,一股针扎般的寒意立刻从脚尖传了上来,我本能地想把脚提起来,却像是被钉住了一般,一动也不能动。

"爸爸,爸爸,你在哪里啊?"

我转身大喊起来,可是周围悄无声息。

我害怕极了,来回扭动着身子,前后查看。家消失了,我陷入一片冰雪中,雪花不断撞击着我,脚底的疼痛沿着小腿迅速地向上攀升,逐渐到了大腿。脚已经冻得失去了知觉,整条腿像肿胀的木棍僵硬地杵在那里。

我什么也做不了。绝望像黑色的潮水,一点点淹上来……我觉得自己似乎在慢慢地消失,一寸一寸地,先是脚,再是腿,然后是腰,最后是脖子、脸颊……死亡近在咫尺了。

"都尔汗,把手给我。别怕,爸爸在这里。"

混混沌沌中,我觉着手上似乎攀到了什么,紧紧地抓住,然后耳边传来了父亲的声音。心刚踏实下来,一瞬间,手中突然空空如也,我慌忙伸手四处摸索,在茫无际涯的黑暗中,什么也抓不到。我绝望地大声喊着:"爸爸!爸爸!你在哪里?我看不到你了!"但是却没有一丝声音,只有死寂一片。

是的,这只是一场梦,是之前我做过的无数梦中的一个。此刻,我站在高原柳环拱的小路上,眼前流光飞舞,柳叶像摇晃的小船,在空旷中来回摆渡往事,将那些散碎的细节一一带到我的面前,父亲的影子在其中不断晃动。

记忆撕扯着我,将我重新带回父亲的遗体被拉回来的那天。那是至为悲伤的一日,我看到父亲冰冷的面庞,触碰到他没有一丝丝温度的手,那是没有任何回应与任何情感的,橡胶一般的冰冷触感,没有半分生机。

我的胸口剧痛,眼前一黑,什么也不知道了。

第一章 ◎ 向死而生

坚 冰

·我的父亲拉齐尼·

恍惚间，我一直觉着自己是在做梦，梦太久，以至于我无法分清楚，究竟是黑暗中消失不见的父亲是梦？还是那个躺在灵柩里浑身冰冷的父亲是梦？

就在我被困在黑暗中怎么也走不出去之时，母亲哭肿的眼睛映入我的眼帘。

她摸着我的脸，焦急地呼唤我的名字。那一刻，所有模糊不定的记忆瞬间聚拢成一幅完整的画面，我想起了父亲是如何被护送回家的，又是如何出现在我眼前，也想起了送父亲回来的叔叔阿姨们，他们含泪讲述的那些哽咽难言的经过。

我听着那些讲述，心头满是凄苦，我不能接受他就这样弃我们而去。直到下葬那天，当挽歌响起时，我的身心都拒绝相信这一切！

我只知道我想那个宠我、爱我、将我捧在手心的父亲！

很久以后，我在报道中详细了解了事情的经过。我像是一个站在远处的路人，完整地目睹了一切的发生。

时间退回到2021年1月4日，像许多平淡无奇的日子一样，这是冬日里再普通不过的一天，元旦刚过，节日的喜庆气氛还未褪尽，一场酝酿已久的大雪悄然降落在喀什大地。

父亲正在喀什大学学习，和他一起的是伊宁县英塔木镇托万克温村党支部书记木沙江·努尔墩。

第一章 ◎ 向死而生

父亲没上过大学,文化程度不高。之前他在参加全国人民代表大会的时候,担心自己无法用普通话讲清楚议案,专门提前用拼音给发音不够准确的部分文字做了标注。

那份议案现在就躺在祖父家的荣誉陈列室里,几页纸上,密密麻麻的,全是红笔标注的拼音。父亲非常珍惜这次学习机会,到大学后的第一个晚上,他给我打来电话,兴冲冲地说:"都尔汗,猜猜爸爸正在哪里?"

"爸爸,你在哪里呀?"我说。

他哈哈大笑:"爸爸跟你一样也在上学呢,不过是在喀什大学里上学。"

谈话间,他突然语气严肃起来,郑重对我说:"都尔汗,你以后可得做爸爸的小老师,帮爸爸学好普通话!"

此后几乎每周,父亲都会让我帮他检查稿子有无错别字,并称我为"小老师"。

"我的小老师,快帮爸爸看看,这篇稿子有没有错别字。"他总是这么喊。

1月4日那天,蝴蝶般的大雪已经纷纷扬扬地下了大半天,寒假的校园银装素裹。

中午时分,父亲和木沙江叔叔完成了上午的学习,一边说笑,一边踏雪向餐厅方向走去。

与此同时，在另一条路上，五岁的小男孩豆豆，正跟着妈妈一蹦一跳地往停车场方向走去。

豆豆穿着鸭绒衣，裹着厚厚的围巾、帽子，像个小棉猴，跟在妈妈身后开心地来回奔跑着。豆豆的妈妈陈晓琴阿姨是喀什大学的青年教师，今天带着豆豆一起来学校。

五岁，正是充满好奇又好动的年龄。他仰起小脑袋，将嘴里的热气哈向天上飘下来的雪花……一片……又一片……每一片被哈到的雪花都会迅速变成一粒小水滴，落在他的小脸上。他不断追逐着一片片雪花，离妈妈越来越远。雪花在风中飘飘洒洒，将他的视线引向旁边的湖面。那是校园中的一片人工湖，严冬时节，结了冰的湖面被大雪覆盖得严严实实，像一床厚实的白色地毯，干净得没有一个脚印。

豆豆跑了过去，好奇地将小脚丫踏了下去，他看到洁白的大毯子上立刻出现了两枚小翅膀。他又向前跨了一步，白毯子上又出现了两枚翅膀。豆豆高兴坏了，他继续向前踏着，一直走到了那片白色地毯的中间。

突然他听到脚下传来轻微的喀喇喀喇的响声，豆豆有些害怕，停下了脚步，不敢再向前走。这时，他的脚下传来更大的声响，并且有水慢慢地渗了出来，豆豆吓呆了。他一动不敢动，抬起头左顾右盼焦急地寻找妈妈……

第一章 ◎ 向死而生

就在豆豆踏上冰面的同一时刻，父亲和木沙江叔叔也朝着这个方向走来。

当他们走到教学楼附近的时候，突然听到一阵急促的呼救声。

"孩子！我的孩子！救救孩子……"

在短暂地愣了一下之后，父亲立刻迈开大步箭一样地朝着声音响起的地方跑了过去，木沙江叔叔紧随其后。

父亲看到了落水的豆豆，想都没想就往那边冲了过去。

他的脚一踩上冰面，就听到了轻微的喀喇声，父亲的心就是一沉。作为护边员，他常年生活在帕米尔高原，与冰雪为伴，渡冰河，涉冰川，爬过冰封雪岭无数次，他太清楚脚下的声音意味着什么。

可他的脚步却没有丝毫停顿，依旧毫不迟疑地继续向前迅速挪动。每迈出一步，冰面下都会传来喀喇喀喇的响声。那些冰层正在他脚下看不到的地方迅速解体，每向前跨出一步，就意味着多一分危险。

但是他顾不上这些，这一刻，他的眼中只有那个吓坏了的孩子。

他继续向前奔去，15米……10米……5米……他终于伸手抓住了豆豆。

就在他预备抓紧孩子的时候,却听到脚下一声脆响,不堪重负的薄冰四分五裂,父亲瞬间掉了下去。

裹着冰碴的湖水迅速涌了上来。父亲奋力踩水,从水面探出身来。他努力将孩子举到水面上,任凭整个身子在冰水中浮沉。

父亲很小就会游泳,曾在冰河中多次救过人,但是此刻身上的冬衣浸水后变得像铁块一样沉重,牢牢裹在他的身上,将他的身体使劲往下拉扯。周围的浮冰像是无数只锋利的爪子,撕扯拉拽着他。他的双手举着孩子无法划水,只能用脚使劲踩水来维持身体上浮,让头部尽力探出水面。

这时,木沙江叔叔也跟着冲了过来,他跟陈晓琴阿姨跑向我父亲,试图伸手拉他,却怎么也够不到。陈晓琴阿姨解下自己的围巾和棉衣,系成一条绳子,递给木沙江叔叔,让他试试。木沙江叔叔蹲下来,将围巾向我父亲用力抛过去。

父亲还在水中浮沉,他将仅存的所有力气都使在孩子身上,竭力让孩子的身子露出水面。眼看孩子抓住围巾了,木沙江叔叔脚下的冰层却瞬间碎裂了,木沙江叔叔和陈晓琴阿姨也一起跌入了四米多深的冰湖中。

万幸这时喀什大学派出所辅警王启鹏叔叔听到呼救声赶到了现场,看到了落水的众人。为了避免冰面破裂,王启鹏叔叔匍匐在冰面上,爬过来先救出了离他比较近的木沙江叔叔和李小

第一章 ◎ 向死而生

琴阿姨。

随后,闻讯赶来的学校后勤管理处王新永叔叔也赶到了现场,他看到情况危急,急中生智,抓起一根浇水的黑皮水管探向了湖中。

父亲这时已在湖中坚持了十来分钟,眼看快要支撑不住了,冰冷的湖水化成无数把冰刀,一下下切割着他的肌肤,似乎将他所有的热力都切割完了。他的整个身体已经冻僵,手臂在剧痛中几乎完全失去知觉,踩水的双腿也快要蹬不动了。

赶来的救援人员向他伸过来一根水管,那根水管就在他附近,一伸手就可以抓到。周围空气中充满了大家焦急关切的喊声。

以我对父亲的了解,凭借他丰富的野外生存经验,即便在如此危险的情况下,他若求生,是一定可以保住性命的。可同样,也是既往经验告诉他,此刻的救命水管只能先救一个人。

父亲青紫的嘴唇颤抖着,喊出最后的话:"先救孩子。"他用尽剩余的全部力气,将孩子猛地推向水管。

孩子攀住了那根水管,被拖向安全地带。

当孩子被接过去的一瞬,父亲冻僵的手臂依然保持着托举的姿势,缓缓向冰冷的湖水下沉去。这是父亲留在这个世界的最后的影像,宛如定格的一瞬,他仰望天空的深情的目光像是凝固在时空中。他将与这个世界彻底作别,与我,与拉迪尔,与我的母亲，与我的祖父，与深爱的所有的亲人，与提孜那甫村，与他的执勤点，与他的战友们，与他的塔什库尔干，与他热爱挚爱的一切人与物，与他的过去、此刻与未来……

这个世界上，他将不再存在。无法再孝敬年迈多病的祖父，无法看着我和拉迪尔长大，无法陪伴母亲白头到老，无法经历四季冷暖，春种秋收，无法再使热瓦普的琴音在群山间响彻……

山河失色，天地无言。那一刻的风，肯定有片刻突然停顿了下来，雪花也在一瞬间停止了飞舞，奔跑的人钉在原地，云层上的光突然静止，流动的声音在喧哗中戛然凝固，时间不再流逝，一切不再运动，明天不再开启，心脏不再跳动……这世间所有存在着的事物，有那么一瞬间，集体暂停，然后又重新开启。就在那一瞬间，我的父亲离去了。他从我的生命中彻底消失，从这个世界消失，他的生命，永远定格在2021年1月4日13时55分。

每忆及此，我的心中都如万箭穿心般疼痛难忍。我所感知的铭心刻骨的疼痛与悲伤，父亲在最后时刻又怎会感受不到？他那么爱我们，那么热爱这个世界，比任何人都更明白生命的意义，在我看来他救的是别人家的孩子，但在他看来，他救的是我们，因为他把所有的人都当亲人对待，把所有的孩子都当自己的孩子对待。

时隔多日，木沙江叔叔回忆起那一刻的时候，依然心有余悸地说:"落水的那一刻,我整个人一下就冻僵了,真不知道拉齐尼是怎么坚持那么久的。"

我想,父亲的这份坚持不是与生俱来的,我的曾祖父、我的祖父耳提面命的场景和一路练就的本领,使他在面临九死一生的考验时总是迎难而上,突破自然与人的意志,凛然无惧。

早在父亲只有几岁的时候,祖父就开始不断训练他的野外求生能力,久而久之,父亲成了帕米尔高原的"活地图"。祖父在不断训练父亲野外生存技能的同时,又教导他另一项更为重要的事情——作为边防连向导,必须保证边防官兵们的安全,哪怕因此需要牺牲自己。在不断的考验和淬炼中,父亲成了边防线上名副其实的"王牌向导"。

通过这两种力量的常年"实战",父亲成了八百里边防线上有名的"帕米尔雄鹰",在帕米尔高原上自由游弋,在风雪中俯瞰千里,在风雪后等看天晴。

那么,在冰水中坚持了那么久的父亲,您是真的不冷吗?还是您的血脉中流淌着的滚烫热血,足以让您为了救那个孩子比他人坚持得更久?如果真的是那样,父亲,请把您的热血灌注于我,因为此刻,悲伤如玄冰一样,让我周身寒彻,我在其中无法呼吸。

我没办法不去一遍一遍地设想,在沉下去的一瞬,父亲的心里在想些什么？可是我没有答案。有的只是耳边萦绕着的父亲的声音，"我的都尔汗要好好学习哦，考上大学，毕业后回到塔什库尔干工作。""我的小老师，我的发音是不是进步了？"

  站在那条通向大山的笔直小径中，父亲留下的所有点滴一步步在向我逼近，潮水般注入我的记忆中，不断催促我，让我去寻找那些血脉中的密码，让我自悲伤中能够破壁而出，心中也能培育出一只如他般高洁勇烈的"帕米尔雄鹰"。

第二章 家族往事

我一直很想见识下巡边之路。对于一个拉齐尼家的人来说,巡边之路同时也是家族之路。走在那条路上,可能会在红其拉甫遇见我的曾祖父,在吾甫浪沟碰到我的祖父,而父亲……哦……他就是这条路本身。

我没有见过曾祖父。听父亲说,曾祖父凯力迪别克·迪力达尔身形高大,笑起来的声音像打雷,是个很热情的人。

起初,曾祖父是牧主家的牧工,

每天裹着一块破毡片,四处给牧主放牧。

他平生有三怕。一怕牧主扣工钱,二怕国军抢东西,三怕洋人来入侵。但是怕什么来什么,那天他正好在牧场放羊,好巧不巧,远远就看到一队士兵列队走了过来。他头皮一紧,想赶紧躲开,可是,草场这边是一片开阔地带,又能躲到哪里去呢?眼见无处可去,他只能暗自叹一口气,心一横,硬着头皮站着等。

"是福不是祸,是祸躲不过,要抢羊那也没办法,随他们抢好了。"他心想。

在那个年代,按照以往的经验,当兵的来了,不仅羊随便抢,更少不了一顿鞭子。谁手里有枪,谁就是这一片高原上的大王,看上什么就可以拿什么,想欺负谁就欺负谁。

可是奇怪的是,就在他心惊胆战地等待厄运降临的时候,那一队走到他跟前的兵,却热情地跟他打招呼,还向他问路,特别是其中一个看起来像军官样子的,还拿出一堆吃的送他。

他呆呆地抱着那些吃的,盯着他们头上的五角星,疑心自己今天大概撞大运了,从来没见过兵老爷对老百姓这么客气过。

那队士兵走过去好半天了,他才一个激灵,反应过来,慌忙撒腿就跑。他跑出很远一段路,爬上一座达坂,远远望过去。只见那些士兵只余下一溜儿影子,正井然有序地列队前进。他愣愣地站在那里看了一会儿,蓦然想起来,给他东西的那个军官,似乎

第二章 ◎ 家族往事

曾祖父
凯力迪别克·迪力达尔

祖父
巴依卡·凯力迪别克

父亲
拉齐尼·巴依卡

029

穿得比士兵还破烂单薄。

这可真是一支奇怪的部队。

晚上,曾祖父回到村子,已是黄昏时分。深秋的帕米尔高原寒气逼人,为牧主干活儿的曾祖父住不上房子,只能在羊圈里跟羊挤在一起。谁知道那些初来乍到的大兵也挤在民房外露营。就这样,连续好几天,他白天看着他们忙前忙后盖石头房子,晚上跟自己一样天当被地当床,看着漫天星斗数星星。当熄灯号响过,均匀的鼾声响起,天上的星星却似乎毫无困意,它们在天上冲着他们眨着眼睛,像是他们的亲人。

房子并不好盖,要搬运合适的石头,然后砌起来。没有工具,也没有牲口,那些兵找到合适的石头,就用肩膀扛回来。高原的晨昏,寒意沁人,他们粗糙的手看起来布满皲裂,似乎比曾祖父放牧的手还要惨不忍睹。那些兵很热情,总和他打招呼寒暄,可他还是小心翼翼保持距离。他很知足与这些士兵相安无事,不敢奢望他们的友谊。尽管牧主老爷跑了,他还是照旧早出晚归去放牧。

很快,石头房子盖好了。一天他回来后,把羊赶进羊圈,靠在羊圈边上,看着新房子想,那些兵这回应该不会再跟他一样晚上数星星了吧?这时,穿破军装的军官走过来,也不说话,一把拉住他到一座石头房子跟前,说:"凯力迪别克,这就是你的房子了。这是人民解放军为你盖的房子。"

第二章 ◎ 家族往事

曾祖父的脑子一片空白,下意识地伸出手,推开木门走进石头房子。房子不大,但是土炕土灶全都有,天井上可以看到一抹深蓝色的洁净天空。

长这么大,曾祖父还从来没有过属于自己的房子,他伸手摸了摸土炕,然后转过身看向那个穿着单薄的军人,眼睛瞬间湿润了……

我的曾祖父凯力迪别克·迪力达尔是孤儿。父母早逝,上无片瓦、下无寸土的他,靠给牧主放牧牛羊为生。一年四季大部分时候,他都在山上跟牛羊生活在一起,但是,那些他尽心竭力养大的牛羊却没有一只是他的。虽然他勤奋劳作,没白没黑地为牧主干活,除了一张既当床又当被子的破羊皮,依然身无长物,填不饱肚子、挨打挨骂是常态,更别提如何娶妻成家了。

除了在牧主家当牛做马,还要被国民党兵欺负。国民党大兵来到牧区,抢牧民的牛羊,他的兄弟就是在一次反抗中被国民党兵活活打死的。曾祖父被牧主和国民党欺负惯了,甚至连自己也觉着,可能像他这样的人,天生就是贱命,就应该过这样的生活,受这样的苦,遭这样的罪。

但是人民解放军来了之后就完全不一样了,他们待他像亲人一样,对他嘘寒问暖,帮他盖起石头房子,无偿分给他牛羊和土地。

他不敢相信,怎么世上还会有这么好的兵?

他常常不自觉地盯着解放军们头顶的红色五角星,心里充满暖意,逐渐和队伍上上下下熟悉起来。他知道这些解放军战士来自全国各地,也知道现在已经是中国共产党领导的中华人民共和国了,此时人人平等,不会再有压迫和欺凌,更明白这支叫人民解放军的队伍是中国共产党领导的军队,是守护边疆、保卫国家、保护人民的军队。

他打心眼里拥护共产党,热爱共产党。他没读过书,不识字,但是他分得出好坏。在这片土地上,能把穷苦的老百姓真正放在心上,处处为老百姓着想,维护老百姓利益,为老百姓谋幸福的集体就叫中国共产党。

从此,曾祖父有了平生第一个高远的理想:一定要加入中国共产党。

为了加入中国共产党,他专门请教过干部,怎样才有资格入党?

得到的答案是,想要成为一名共产党员,必须襟怀坦荡、忠实、积极,以革命利益为第一生命,以个人利益服从革命利益。曾祖父牢牢记住了这句话。

那一阵子,他脚下生风,干活有劲,努力生产劳动,尤其当被选为村民小队长之后,更是有使不完的干劲。有一次,他去部队

第二章 ◎ 家族往事

看望官兵，看到部队首长正在为要走一条无人走过的巡逻路线发愁。红其拉甫边防连刚刚成立，马上就要执行边防巡逻任务，目的地是一个叫"吾甫浪沟"的地方。那里终年积雪，气候变化无常，诡异凶险，之前从来没有人走过。如果没有经验丰富的向导，巡逻队伍将寸步难行。

吾甫浪沟被当地人称为"死亡之谷"，是边境线上最神秘的一条巡逻路线，传说生人进去以后，常常有去无回。关于那里的各种诡异传说更是耸人听闻，甚至有传言说那里有妖怪，人进去就会被吃掉。

曾祖父听后哈哈一笑，吾甫浪沟在别人眼里很陌生，但是他却再熟悉不过。

红其拉甫的冰峰雪谷几乎没有他未到过的地方。吾甫浪沟自然不会例外。过去他给牧主放牧牛羊的时候，晚上经常露宿在沟里。

部队要进凶险无比的吾甫浪沟，没有人比他更合适做向导了。曾祖父立刻主动请缨带部队进吾甫浪沟。他拍着胸脯向心怀疑虑的首长保证说："放心好了，那里我进去过很多次。有我带路，肯定不会有问题的。"曾祖父一心想为共产党做事，来报答恩情。

只是他或许并不知道，他做出的这个决定，将成为我们家三代护边的开始，一直持续近乎一个世纪。而他自己一做就是23年。

部队同意他做向导之后，曾祖父立刻又喊了村里另外几名身强力壮、熟悉地形的牧民，找了50头健壮的牦牛跟随队伍踏上了征途。

那50头牦牛是他坚持提议带上的，因为牦牛被称为"高原之舟"，吃苦耐劳，适合在冰峰雪岭间活动，而且腿短重心低，可以帮部队蹚出一条路。更不提牦牛负重能力强，可以骑，也可以背负食物和其他物资。

浩浩荡荡的队伍穿过吾甫浪达坂向前挺进，一路上翻达坂、穿绝壁、蹚冰河……还算顺利。当队伍踏上夹在两山之间的神秘小路后，没多久，耳边忽然响起一阵怪异的轰鸣声。所有人都没有在意，继续向前走。冰达坂近在眼前，大家都很兴奋。就在这时，曾祖父忽然停了下来，大喊一声"不好"。他直勾勾地看着对面的雪山，神情紧张地呆立在那里，一动也不动。身边人诧异地愣着，不知所措。

只听震耳欲聋的轰鸣声越来越近，瞬间近在咫尺，伴随着轰鸣声的是排山倒海般崩塌的雪块，像扯断的瀑布一样从山上奔涌而下，所过之处，掩埋了一切。

第一次遭遇雪崩，面对大自然无可匹敌的巨大威力，大家都吓懵了，只能眼睁睁瞅着雪块铺天盖地般向他们奔涌而来，无能为力。

第二章 ◎ 家族往事

牦牛被称为高原之舟

就在生死之际,那场可怕的雪崩却在距离他们咫尺之间突然停顿了下来。发出死亡轰鸣的山谷在巨大的咆哮之后,顿时安静下来,刚才的一切如同一场梦。在寂静中,好像都能听到大家擂鼓般的紧张心跳。

曾祖父看了看面前崩塌的雪山,又抬头看了看天,没有说一句话。

若干年后,当祖父巴依卡·凯力迪别克为我们讲述这段往事的时候,常常会叹息着说:"就是这么神奇,那雪崩在我爸爸他们跟前突然就停止了,简直不可思议。"

雪崩让向前的道路瞬间中断,曾祖父沉思片刻,当机立断,让大家赶紧踏雪通过。

他的判断没错,雪崩过后,立刻通过是最佳选择,要不还不知要等到什么时候。

那五十头牦牛这时派上了用场。曾祖父和那几名牧民赶着牦牛走在最前面,为部队在雪岭上蹚出了一条路。

但就在快要翻过冰达坂的时候,又遇到了难题,有一段光溜溜的冰川像一面巨大无瑕的镜子一样,光滑得无处落脚。人可以想办法爬过去,但是牦牛身上背负物资,尝试了几次都无法通过。曾祖父将另外几名牧民喊到一边,跟他们小声商量后,对部队首长说:"你们先过去,我们想办法把牦牛带过去。"

第二章 ◎ 家族往事

听了他的话,部队首长半信半疑,考虑到并无更好的方案,只能权且带着部队先爬了过去。曾祖父一直等到队伍平安过去了,才开始和那几名牧民一起动手,将牦牛背上的物资卸下来,先将牦牛赶了过去,人又返回来,将物资背在了背上……

那些沉重的物资瞬间将他们的背压弯了。他们互相看了一眼,彼此鼓励,开始了悬崖攀爬……当他们将第一批物资背过去之后,部队首长过意不去,坚持要带着官兵跟他们一起背。但是却被曾祖父拦住了。他恳切地说:"我们塔吉克族常年生活在高原地带,已经适应了高原环境,重一些的体力活对于我们没有太大影响,但是你们都是从平原上来的,跟我们一起背不仅帮不上忙,还会产生严重的高山反应,会影响任务完成。"就这样,他们用血肉之躯硬是将那一大堆牦牛背的物资全都背过了冰川,顺利地渡过了那道天堑。

事后,部队首长专门写了一封信,让曾祖父交给塔什库尔干县政府。首长没有说信里写了什么,只交代他送到县里。

曾祖父老老实实地把信按照要求送到以后才知道,那是一封表扬信。这封当事人不知情的表扬信被县政府第一时间上报给了王恩茂将军。我的曾祖父凯力迪别克·迪力达尔就在那一年加入了中国共产党,而且被评为新疆维吾尔自治区先进个人,去乌鲁木齐参加了表彰大会,领回了一面鲜艳的五星红旗。

那面五星红旗,曾祖父视若珍宝,一路上一直抱在怀里。但是回来后,他却毫不犹豫地交给了他所属的提孜那甫公社。他觉着,那面红旗是集体的荣誉,理应属于提孜那甫公社。对于他来说,能入党就足够了。

从此我的曾祖父踏上了永不止步的巡边之路。作为我们家的第一代牦牛向导,同时也是塔什库尔干县第一代牦牛向导,蹚出的这条巡边路至今行人不绝。

就是这条巡边路,他走了23年,流过汗,流过血,流过泪,却从来没有打过退堂鼓。他早已将巡边当成了自己生命中的一部分。23年巡边路,他与部队官兵结下了深厚情谊,有他在,进吾甫浪沟巡逻就有了主心骨。他也没有办法丢下官兵们,那些部队官兵就像他的亲人。他决不允许他们置身险境,有什么闪失。直到1973年,他因为身体不好,再也走不动了,才不得不考虑把身上的担子交给我的祖父巴依卡·凯力迪别克。

祖父在我心目中,一直是一个完美无缺的英雄,他那高大魁梧的身材以及开朗坚毅的性格,似乎天生就是为征服帕米尔高原准备的。

但是,最初祖父做向导却并非自愿,纯属是被曾祖父逼着去的。

官兵们一茬茬来了去,去了来,曾祖父在他们的称呼中,由

第二章 ◎ 家族往事

凯力迪别克兄弟,变成了凯力迪别克大哥,眼看要变成凯力迪别克大叔了。他知道自己迟早有一天会走不动,无法再继续做向导带队巡边,但是他却放心不下那些戍边的官兵们。曾祖父将自己的眼光瞄准了祖父,在他眼里,再也没有人比祖父——他唯一的儿子更适合做他的接班人了。曾祖父暗暗打定主意,从祖父10岁开始,就不动声色地带着他一起出去巡逻,把每一座山、每一条路、每一条河流、每一块石头都指给他看,让他牢牢记住。

祖父那时还小,不太懂事。他觉着骑马在蓝天白云绿草间放牧,躺在风烟俱净的山坡上看牛羊吃草是最幸福的事情。他才不想像他父亲那样冒着生命危险千辛万苦做向导,常常一走就是十天半个月,有时甚至两三个月,家里的庄稼顾不上,牛羊也顾不上,而且还没收入。

有一次祖父大着胆子向曾祖父建议:"爸爸,你这么辛苦给部队做向导,是不是可以向他们要些钱啊?"

曾祖父听到后勃然大怒,教训祖父说:"是解放军在保卫我们,你还好意思让我要钱?这里是我们祖祖辈辈生活的地方,我们有责任、有义务守卫疆土,这些都是我们应该做的。"

祖父被教训了一顿,不敢再吭声,但是心里却不以为然。他觉着给部队带路,部队给钱这不是很正常吗?有什么好生气的?

1973年,曾祖父因为心脏肥大无法继续再为部队做向导了,这是常年在高海拔地区形成的不可逆的常见病。当时正好部队有巡逻任务，于是他将祖父喊到跟前说："孩子，我老了，走不动了，今后你就替爸爸给解放军带路吧。"

祖父一听就不愿意了，大声地说："我才22岁，没什么经验，出了事怎么办？"

曾祖父听了，气不打一处来，指着他痛斥："你不去，战士们没人带路，出了事怎么办？"

祖父没有办法，只能硬着头皮跟部队踏上了巡边路。

那次巡逻，祖父在多年之后回忆起来，依然面红耳赤，非常不好意思。那是他自认为32年向导生涯的污点。

祖父是在漫不经心中踏上巡边之路的，过去一路都有曾祖父操心，如今换成祖父事事操心，他有些不适应，不是忘了检查牦牛背上的行李，就是搞错方向。因为是第一次独立做向导，这次走的又是一条完全陌生的路，跟部队出发后没过多久他就分辨不出方向了。

他站在山口愣了半天，随手一指，大家就跟着他往前走，结果在一条山沟里打转了半天也没走出来。一起巡逻的连长和战士们默默地跟着他，虽然无人有怨言，但是他的表现，还是大大出乎大家意料之外。毕竟凯力迪别克·迪力达尔可是巡边路上的"帕米尔雄鹰"，他的儿子怎么会孬？祖父也有些着急，可是越着

第二章 ◎ 家族往事

急,脑子越乱,眼看走不出去,他都快要急哭了。最后没有办法,连长拿出地图和指南针大家伙研究了半天,终于找到了路,才走出了困境。

那一次从红其拉甫出发,到热斯卡木,然后到塔勒迪库勒,再到肖尔布拉克……祖父和部队一共走了360公里路,一路查看界碑,给界碑描红,来回花了一个多月时间。一路上记不清翻过了多少冰峰达坂,蹚过了多少冰河。前往热斯卡木的途中,要经过叶尔羌河,宽阔的河水将山壁剖出一条斧劈般的陡峭悬崖,日夜吹动的大风,将厚厚的沙子覆盖上去,松软而又容易打滑。另一面,是绵延不绝的白色沙山。已经连续走了好多天,大家都有些疲惫,祖父体力还好,但是,依旧有些漫不经心。在路过沙山的时候,他没有预先探路,而是直接赶着牦牛贴着山壁往过走,结果走到半路,沙子滑坡,一大片沙急雨一样滑入河中,祖父赶着的一头牦牛也随着沙子跌了下去,瞬间被河水冲走。

祖父失声惊呼,他也差点滑了下去,被身边的一名战士一把抓住,死死地拉住,才救了他一命。

据祖父后来回忆,那一次,他愣头愣脑、粗心大意,笨得出奇,反倒是部队官兵一直在照顾他。他能平安回来,完全仰赖部队官兵的战友情谊。

捡了一条命好不容易回到家的祖父,发现他不在家期间,悉心饲养的羊被狼吃掉了26只,立刻痛哭流涕,愤愤不平地找曾祖父控诉:"爸爸,你为什么要无缘无故把我往火坑里推?做向导那么危险,你还要让我去,难道我不是你的儿子?你看,咱家的羊都被狼吃了,今后我们一家怎么办……"

曾祖父看到祖父身上磕磕碰碰带着伤,人也又黑又瘦,说不出的心疼!那可是他唯一的儿子啊!他想了想,最终还是狠狠心说:"儿子,这世界上没有简单的事,你一定要坚持,千万不能做逃兵。"

曾祖父语重心长地做祖父的思想工作:"解放军是咱家的大恩人,过去我们常被牧主欺负,被列强欺负,是共产党让我们过上了好日子,没有部队官兵哪来我们的安居乐业?去年,你妹妹热娜古丽患急性肺炎,若不是边防连的军医及时抢救,你哪还有妹妹啊!那些战士大部分只有十八九岁,他们那么远来到新疆来保卫我们的边境线,保卫老百姓,没有他们,就没有我们的牛和羊。现在我的年龄大了,今后你要接过我的班,为他们当好向导,把他们当兄弟,保证他们的安全。"

还有热娜古丽姑奶奶的事情,祖父曾讲过很多次。某天半夜,姑奶奶突然发起了高烧,眼看烧得开始说胡话,且出现了昏厥,曾祖父吓坏了,让祖父赶紧去部队找军医。军医知情后,顶着风雨深夜赶了十几里路来家救人。连长一听说这事,紧跟着也奔了来。大家伙儿忙了一夜,姑奶奶的病情终于稳定了下来。祖父跟热娜古丽姑奶奶从小就特别亲密,那次他是真吓坏了。为这个事,祖父打心底里感谢解放军。再看向曾祖父满头的白发,祖父似乎有些明白了,他得担起这份责任。他用袖子擦了一把眼泪,对曾祖父保证说:"爸爸,我明白了,我决不会做忘恩负义的人,我知道怎么做,你放心好了。"

就这样,我的祖父正式做起了向导,每年带着部队去巡边。

曾祖父果然没有看错人,祖父做向导,的确天赋异禀。经过五年磨砺,到1977年,祖父已经是红其拉甫最好的向导了,被边防连的官兵们亲切称为"帕米尔雄鹰"。这年秋天,祖父接到命令,带领中国和巴基斯坦共75人的勘界队伍以及170头牦牛,一起出发去勘界测距。

临出发前,祖父和另外几名向导一起把各种设备小心地捆绑在牦牛身上。因为祖父骑的牦牛多次参与巡边,老实听话,算"识途老牛",所以其中最重要的一台设备被祖父捆绑在了它的身上。

大队人马沿着边境线一路向前推进。这条路祖父之前走过,所以对沿途的一切都了然于胸。在通过一条悬崖小路时,祖父又检查了一遍,挨个紧了紧绳子,特意提醒大家多注意安全,小心管好牦牛。那条羊肠小道半山盘绕,下面是深不可测的峡谷,叶尔羌河正激流澎湃地从谷底奔流而过。

这个时节,源头处的叶尔羌河已露峥嵘,水宽浪急,冰寒沁骨,声浪震耳。

牦牛依次而行,还算顺利,可就在牦牛快要过完的时候,不知后面的牦牛是步子没攒好还是受到惊吓,犄角突然猛地顶向前面的牛。前面的牦牛猝不及防,被撞得向前冲去,又撞到了更前面的牦牛,结果两头牛身子撞向石壁,双双跌下了悬崖。

在一片惊呼声中,祖父赶紧跑过去查看,发现落崖的正好是自己那头驮着重要设备的牦牛。

大家都傻了眼。没有那台核心设备,后面的勘界和测距就无法进行,特别是那台设备是进口的,短时间内也没有办法补上。大家都探着头,焦灼地望向悬崖下面。祖父也探头向下看了看,深不见底的悬崖下水雾弥漫,根本看不清究竟,只有奔腾的河水传来隐隐的轰鸣声。

看到大家发愁的样子,祖父心里难受极了。他跺了跺脚,对部队首长说:"让我爬下去看看吧。"

带队的首长探头看看下面,有些犹豫。这时一名跟我祖父很要好的甘肃籍战士走上前大声说:"我跟巴依卡一起下去吧。这样两个人有个照应,会安全一些。"他转身又对祖父说:"巴依卡,我们两个一起去,要生一起生,要死一起死!"

第二章 ◎ 家族往事

眼看也没有更好的办法,两人又态度坚决,带队的首长只好点头同意。

他们两人把身上多余的东西都取了下来,尽量减轻负重,然后走到悬崖边,开始徒手顺着绝壁往下爬。

这是连盘羊也不愿意爬的悬崖峭壁,奥陶纪时期的玄武岩经过亿万年风雪侵蚀,已经变得酥松脆弱,有些地方一落脚石块就会嗖嗖往下掉,所以每一步都得手脚并用,要小心翼翼踩稳了,才能继续往下爬。

爬了没多久,祖父的手掌就被锋利的石头边缘划破了,鲜血涌出来,将手掌染得通红。初时并不觉得太疼,但是过了一会儿,随着伤口被不断摩擦,开始火烧火燎地疼了起来。在岩壁上,伤口无法处理,祖父只能咬紧牙关加快速度继续往下探。在他身后,石壁上赫然留下了一个个殷红的血手印,拓在苍灰色的岩石上,看起来触目惊心。祖父收敛心神,憋着一口气不断向下爬。不知爬了多久,双脚终于触到了实处,他才松了一口气。

悬崖下是宽阔浩荡的叶尔羌河,从山上奔涌而下的雪山融水水流湍急,带着挟裹一切的巨大原力,剖壁而过。那两头跌下来的牦牛落在河边的乱石上,已经气绝身亡。祖父和那名战士沿着河边,小心翼翼地蹚水过去,来到那两头牦牛跟前。祖父默默地摸了摸那头死去的牦牛。那头牦牛陪伴了他多年。在他心中,这头牦牛一直是最亲近的朋友。这是他在巡边路上失去的第三头牦牛了。

顾不得再哀悼牦牛,祖父跟那名战士赶紧先检查设备。幸运的是,捆在牦牛身上的设备被裹得里三层外三层,严严实实的,又恰好朝上,因此设备完好无损。

这实在是不幸中的万幸。祖父赶忙将设备卸下来,和那名战士分别背在身上,又顺着原路往回爬。

上山的路同样艰辛,背着重物,手掌又受了伤,祖父只能爬爬停停。才爬到一半,天已经黑透,祖父贴在崖壁上,疲惫地抬头看向上方。一道如水般的清澈光亮从高天处泻下来,就停在他的手掌前。一轮皎洁的明月不知什么时候升上来,已经到了头顶,孤悬在雪山之上,白雪辉映,月光如银,帕米尔高原看起来静谧平和,温柔极了。祖父本来已经筋疲力尽,此刻却不由精神一振。他从来没有看过那么静美那么无瑕的明月。皎洁的月光打在石壁上,映出瀑布般剔透光芒,亮晃晃的一汪。

祖父后来回忆说:"似乎有一种魔力,不断召唤着我。我特别想去触摸一下那些洁净轻柔的光芒,于是抖擞精神,不断向上爬,结果不知不觉爬了上去。在最后关头,是那轮明月给了我力量,让我振作起来爬上了岩壁,完成了不可能完成的任务。

看到祖父他们平安返回,大家都很激动。这一劫可说是患难

第二章 ◎ 家族往事

见真情,同心而共济,大家在一起又说又笑,乐个不停。

部队首长发现两人受了伤,立刻命令卫生员包扎伤口,并交代他们好好休息,安心养伤。

接下来的日子,最主要的工作是顺着一个个勘测点一路勘界,并埋下界桩,竖起界碑。

界碑上用中文、巴基斯坦文、印度文标注,中间刻有编号,并在两国界碑中间,用一个二十多厘米见方的不锈钢箱子,盛放边界勘测协议。中巴两国各持两把钥匙,深埋于地下。此后,这将作为历史见证,留下永不泯灭的恒久标记,来佐证历史与领土,来见证公正与和平。

这次巡边,祖父领着队伍足足耗时一个多月,历尽险阻,甚至摔死了两头牦牛,最后总算沿着国境线一路向东,修好了沿途十二处界碑。其中有两处界碑,因为山高峰陡,实在无法带水泥上去浇筑,只能用石头垒起一个简易碑座,并在上面竖起一块刻着"中国"两个大字的木板当作界碑。

祖父说,那两块界碑虽然简陋,但是同样宣示着我们的主权。为了那两块简易界碑,好几名战士冒着生命危险,在没有装备、高山反应严重的情况下,爬到雪山之巅,将其竖了起来。"一寸山河一寸血,一抔热土一抔魂",我们有义务守好国土,一寸一毫也不能丢。

·我的父亲拉齐尼·

1979年,父亲的出生,是当时家里最重大的事情。最高兴的就是曾祖父。那时,他的身体状况越来越糟糕,心脏肥大再加肺气肿,让他一上高原就喘不上气。医生一再告诫他,千万不能再上海拔4000米以上的地方居住了,但是,他还是想尽办法待在红其拉甫不肯离开。

祖父无计可施,当时他不太能理解曾祖父为何非要待在红其拉甫,时至今日,我大致能猜到原因。我深信我的曾祖父,那名忠厚纯粹又饱经沧桑的老人,他对于生死有着不寻常的感悟与释然。当他确认生命即将走到终点的时候,会选择盛满回忆的地方休止。他在红其拉甫有太多的记忆和往事。只有踏上红其拉甫,那些热血沸腾的过往才能复活延续。

父亲出生之后,曾祖父给他取名"拉齐尼·巴依卡",翻译过来是鹰隼的意思。他期望父亲以后如雄鹰一般翱翔天空,接过保家卫国的担子,将家族使命继续传承下去。

父亲变成了曾祖父的小跟班,时时刻刻都在一起,曾祖父走到哪里就带他到哪里。

部队也一直关心着曾祖父的健康,他们想尽办法帮他治疗。有一次为了给他照X光检查,甚至动用了发电机。他们隔几天就会派军医上门为曾祖父做健康检查。可惜依然挡不住病魔的侵袭。

高原的严酷之处在于,它会成全一个人的意志,同时却又会摧毁一个人的身体。

高原病是所有生活在高海拔地区的人必须承担的宿命。塔吉克族被称为佩戴王冠的民族，世世代代生活在帕米尔高原上，承袭着这片土地的厚赐，同时也承受着这顶王冠之重。心脏病和肺水肿是最常见的高原病，生活在相对平坦的提孜那甫，海拔对健康影响不大，但是长期生活在海拔5000米以上的地方，身体一定会受到影响。

祖父目睹着曾祖父一日比一日憔悴，却无能为力。他能做的只有陪在老人身旁。祖父有过预感，已经油尽灯枯的曾祖父，这次可能撑不过去了。可是6月份的时候，他又接到部队通知，要马上去执行任务。

祖父纠结不已：没有我做向导，官兵们在错综复杂的吾甫浪沟遇到困难和危险怎么办？可是这若去了，谁来照顾父亲？万一父亲有个三长两短我不在身边怎么办？

曾祖父看出了祖父的心事，把他喊到跟前，平静地说："儿子，你放心去吧。我的病吃点药，慢慢就会好起来的。新兵刚到连队，老兵又少，正是青黄不接的时候，如果你不去为他们带路，怎么能行呢？"

祖父眼泪在眼眶里直打转，用力地点了点头，答应了下来，不过他也向曾祖父提了个要求："我听您的话，带部队去巡边，但是您可要保重好身体,一定要等我回来。"

曾祖父怜惜地看着已经三十多岁的儿子因常年经受高原风雪的侵袭,额头上已长出了皱纹,鬓边也生出了星星白发。

曾祖父眼睛湿润了,抬手摸了摸他的手臂,重重地点了点头,答应了下来。

祖父那一次出发后,每天在繁忙的工作结束之余,他都会遥望着家的方向,在心里祈祷自己的父亲能平安无恙,坚持到自己回去。他焦灼地盼望着快点完成任务,早点回家。

祖父不知道的是,他走后没多久,我的曾祖父凯力迪别克·迪力达尔就因为病重离开了人世。等他结束工作回到家中,曾祖父早已下葬多时了。

祖父跪在曾祖父孤零零的坟前,为自己未能见他最后一面而哀痛不已,不由放声大哭。子欲养而亲不待,他多想时光倒流,让日子重新退回到离开的时候,这样他就来得及陪曾祖父走完最后一程。可是,依着曾祖父的脾气,即使时光倒流,再来一次,大概依然会做出同样的选择。从来忠孝难两全,在曾祖父心里,家国之间,从来都是国事最大,尽忠最大。

伴随着失去父亲的痛不欲生,更悲哀的是来自亲戚朋友间的流言蜚语。那些舌尖上的谣言,像一把撒在伤口上的盐,让悲伤的祖父痛苦不已。

第二章 ◎ 家族往事

雪域巡边路

·我的父亲拉齐尼·

　　那天祖父从村子里经过，远远地就听到几个乡邻聚在一起，毫无顾忌地大声说："巴依卡这个不孝子，整天在边境线上瞎跑，他又不是当兵的，却总是跟解放军在一起，不务正业，也不顾家。他父亲病了也不管，还要往外跑，凯力迪别克怎么会有这样的儿子！"

　　祖父听到后，心头一震，他握紧了拳头，过了许久才慢慢松开。他不愿辩解，只是默默地走开了，但是心里却像刀割一样难受。

　　这样的流言蜚语，我的曾祖父在世的时候也曾遭遇过。

　　曾祖父曾因为给部队做牦牛向导而经常在外奔波，顾不上照顾家里，备受亲邻指责。那时我的曾祖母坚定地站在了曾祖父的一边，她不顾一切地维护着自己的丈夫，霸气地击退了那些流言蜚语。这次，曾祖母也同样选择站在祖父一边。

　　曾祖母虽然白发苍苍，但是高原儿女的英气却未减半分。她毅然站出来怒斥着那些无端的指责，毫不含糊地对他们说："我儿子守边护边，做的是最伟大的工作。没有他和边防战士的付出，哪有你们的好日子过？可别忘了当年你们受的苦、遭的罪。"

　　终于在曾祖母的强势反击下，谣言渐渐平息。令祖父无可奈何的是，从此他在亲戚邻里之间变成了一个"不一样"的人。虽然这种处境会督促他更好地监督自己，提高对自己的要求，去履行

第二章 ◎ 家族往事

祖父巡边

护边使命,但是他还是不希望自己在别人眼中是另类。

我也曾见识过这种"不一样"。在六岁之前,我从未觉着我的祖父和父亲跟别人的祖父和父亲有何不同,但是,当有一次祖父领着我去红其拉甫国门参加活动的时候,边防官兵对祖父和父亲的尊敬与礼遇,让我颇为震撼。

在我的记忆中,他们除了比别人忙,经常不在家之外,和别人的祖父与父亲并无不同,我却不知他们默默所做的一切,早已为他们赢来生前身后名。这是我的曾祖父、祖父和父亲三代人一起用超过半个世纪的忠诚、勇敢、无私奉献换来的崇敬和荣耀。这些,才是岁月佩戴在他们身上的至美光环,用钱买不到,用伪装换不来,唯有用无上忠诚的笃行不怠才能换取。

而这不一样,渐渐成为一种力量,去影响和引领出"不一样"的风气,成为"不一样"的精神和品质。

在1999年"八一"建军节前夕,县委县政府领导来到我祖父家中探望慰问。当领导问他有什么困难和要求的时候,从未向国家开过口的祖父,像个孩子一样涨红了脸,嗫嚅了半天,几次三番想张口,却又欲言又止。

最后,在县领导的一再鼓励下,他才鼓起勇气,说出了自己这一生关乎个人的唯一要求:"只要共产党在红其拉甫,解放军在红其拉甫,我就没有困难。我唯一的愿望是加入中国共产党。"

说完,他黝黑的脸唰地一下红成酱紫色。

他总觉着自己做的还不够,远未达到一个共产党员的标准,但是他从内心深处无比渴望成为一名共产党员,在党员队伍里继续锤炼自己,继续践行使命。

这愿望曾是他父亲的愿望,后来变成他的愿望,在之后也将变成我父亲的愿望。在代际交替之间,似乎这样的愿望也如同护边的责任一样,被一代代地传承了下来。

而我也深信,这样的愿望也会成为我和弟弟拉迪尔的愿望。唯有如此,沉淀在我们血液中的家族密码才能得以延续,我的父亲,我的祖父,还有我的曾祖父,他们才能以另一种方式,永远地活着。

2000年6月,祖父巴依卡·凯力迪别克的愿望终于得以实现。满头银发的他右手握拳,在鲜红的党旗前庄严宣誓,光荣地加入了中国共产党。在村党支部宣誓完后,祖父又专程赶赴连队,面对连队里鲜红的党旗,再一次坚定地举起了自己的右手。

在宣誓完后,他一字一句说道:"是共产党让我们塔吉克族人民走上了富裕道路,是解放军让我们塔吉克族牧民的安全幸福有了保障!我将世代不忘共产党,世代不忘解放军!活到老,就要与解放军一起守卫边防到老!"

那一天的场景每每回忆起来,依然让人热血沸腾。如果说我祖父经历过生活的历练，那一刻对于他来说，则是另一个全新自己的诞生。从此，一名有信仰、有忠诚、有担当、有理想、有使命的年轻党员，正式成为红色山河中崭新的一员。

第三章 红其拉甫

红其拉甫扼守雄关，往南是海拔4733米的红其拉甫口岸，连接巴基斯坦。往西是瓦罕走廊，连接阿富汗。往北则是塔什库尔干县城。

据说这里两亿多年前曾经是一片浩瀚海洋，历经亿万年沧海桑田，成为如今高耸入云的高原。每每想到脚下踏着的小路曾经是海底，足尖踢着的小石子，许久以前或许是淘气的小贝壳，就觉着眼前的世界真是神奇无比。在时间之河中，所有东西都在悄悄变化、滋生、成长、老去，每一个时节都不同，每一个时代也不同。

每年到了夏天，红其拉甫夏牧场上的野草才会睁开惺忪睡眼，开始争先恐后疯长。这一觉，自秋及春，睡过了大半年时光，而剩下的季节，如同短暂的青春期，光彩照人，却又疾若迅雷。紫色的蓟花躲在山坳里，犹如憨气十足的莽撞孩子，忽闪忽闪地跳跃着。不惧人的旱獭，大着胆子溜了出来，陪伴着马可·波罗盘羊四处晃悠。

在红其拉甫，万物遵循着亘古不变的自然法则，草原喂养牛羊，高山承接雨雪，天空托管白云，河流搬运春秋……万事万物各安其分。但是，过了执勤点，往红其拉甫国门那里去，则是另一派景象。

红其拉甫被称为"血染的通道""生命禁区"，是世界上海拔最高的口岸。它的氧气含量不到平原的一半，风力常年在七八级以上，最低气温可达零下40摄氏度，连石头都可以冻裂，所以又被称为"血谷"，是高原之上的高原。

这里雪峰连绵起伏，沟壑纵横交织，没有四季，只有冷暖两重天，紫外线强烈到连白银都能晒黑，气温低到连石头都能冻裂，天气比最情绪化的小孩子还善变。即使是夏天，上一刻也许还是二十多度阳光普照，下一刻就有可能风雪交加，瞬间无缝切换成寒冬模式。

第三章 ◎ 红其拉甫

马可·波罗盘羊

·我的父亲拉齐尼·

　　我们家的老房子就坐落在红其拉甫夏牧场。这座抗震房的前身是石头房子。一块块石头曾经隐去棱角,颤巍巍地圈起了一段温暖的时光,也记载了岁月荏苒。在老屋遮风避雨的庇护下,曾祖父有了祖父,正如随后祖父有了父亲。

　　那天天未亮,祖父就起身了。临出门前,他再三瞅了瞅奶奶,心事重重。

　　初春的青草还未生发出来,不时袭来的风雪让红其拉甫始终包裹在斑驳冬装里。祖父骑在红鬃马上,一路上心神不宁,脑中不断闪现昨夜的梦。梦里,一只雄鹰总是盘旋在他头顶,他快鹰也快,他慢鹰也慢,如影随形。想到妻子大概就在这几天分娩,也不知这梦是好还是不好呢?难道鹰会叼走他的羊羔吗?还是说他应该驯一只鹰来制作鹰笛?

　　祖父胡思乱想着,赶羊群来到离家十几公里外一处避风的草场,他有些烦躁地从马背上跳下来,将牧羊犬放出去守护羊群,自己找了一块高处的岩石,盘腿坐了上去,掏出随身携带的烟草,给自己卷了一支烟卷。

　　四周安静极了,羊群像是一堆白色的云一样,在白首褐崖的雪山间寻找着刚冒出头的草尖。头顶饱蘸蓝色汁液的天空,丰润欲滴,白云则一团顶着一团,如白马沐浴天河,随着风在天空飞奔。

第三章 ◎ 红其拉甫

祖父顺势躺下去,仰望着天空,心中忐忑不安。温柔的阳光,照得人暖洋洋的,他将口里的烟圈用力吐向天空,像是将心中的焦虑也吐了出去,看着烟圈互相追逐着从眼前消失……看得久了,祖父打了一个哈欠,眼皮开始打架。朦朦胧胧中,祖父似乎看到远方飞奔过来一匹马,马上的骑手手臂挥舞,边跑边大声呼喊。

"一定是在做梦。"祖父嘀咕了一声,翻了个身,侧身朝向太阳,心底的睡意更浓了。

这时,那匹马离他越来越近,踢踏的马蹄声,已经清晰可闻,祖父隐隐约约听到有人在大声喊着,"生儿子了,生儿子了……"祖父闭着眼睛,露出一抹满足的笑,突然他的笑容停顿,打了一个激灵,猛地起身坐了起来。

"生儿子了?谁?我吗?"祖父跳下岩石,看向那个向着他疾奔而来的身影。

他一眼就认出来了,那正是他的好朋友卡巴尔·克里木,骑着大黑马,一边向他挥手,一边大声呼喊。大黑马飞驰而来,卡巴尔·克里木未等马停稳,就从马背上一跃而下,冲着祖父大喊大叫:"巴依卡,你老婆生了,给你生了个儿子……"

对方话音未落,祖父已经奔向了他的红鬃马,一个纵身跨了上去,回手挥鞭抽在马屁股上,一溜烟绝尘而去,留下愣在原地还没反应过来的卡巴尔·克里木。远远地,传来祖父的声音,"卡

061

·我的父亲拉齐尼·

疾驰而去的身影

第三章 ◎ 红其拉甫

巴尔,挑一只肥羊做礼物吧。"

祖父欣喜若狂,一路疾奔。当他心急火燎赶到家,看到儿子的那一刻,激动得眼泪差点落下来。

比祖父更高兴的是我的曾祖父。老爷子老早已经给孙子起好名字了。他用满是茧子的大手颤巍巍抱住婴儿,看了又看,总嫌不够,口中念叨着:"拉齐尼……拉齐尼……我的好拉齐尼……我的小雄鹰拉齐尼……"

我见过鹰隼,不大,瘦小有力,目光如炬,迅疾如电。父亲打小就表现出他鹰隼的特质,活力过人,速度极快,胆大包天。他天生爱探险,天不怕地不怕。

小时候,父亲痴迷模仿鹰雏,喜欢从高处往下跳。没人能明白这娃究竟从这个游戏中得到了什么乐趣。有时面对好几米高的陡坡,父亲眉头都不皱一下,大踏步走上前,"咣当"一声就跳了下去,直吓得围观者惊魂不定。

如果说跳高是他的奇趣的话,踢足球则是父亲的日常。"足球小子"拉齐尼在球场上勇猛无比,一往无前。那双小短腿,跑起来就像搅动的火车轮毂一样不知疲倦,吭哧吭哧冒着热气从那些大孩子的身影上深深碾过。就这样,一群小不点在山坡上跑得气喘吁吁汗流浃背,拼命地抢足球,大家兴高采烈地抢啊抢,乐此不疲。有趣的是,一直到了上学以后,父亲才发现足球并不只

063

是奔跑和追逐……原来足球是要踢到球门里的啊！

不过，歪打正着的是，长年累月在高原上踢足球的爱好，练就了父亲跋山涉水的好体能，也为他后来的护边员生涯打下了基础。

如果说红其拉甫是雏鹰故乡的话，曾祖父的羽翼则为父亲守护了一方童年的天空。曾祖父对父亲简直好到了溺爱的程度，他用岁月留给他的智慧和经验仔细雕琢自己的孙子，呵护他的天性，教给他本领，无微不至地关注孙儿的一切。任何时候当有人质疑父亲的顽皮胡闹时，老人总会用自己的权威护住孙子。要知道，拉齐尼·巴依卡是他的孙子，同时也是他的作品。爷孙俩形影不离，即使当曾祖父最后回提孜那甫村养病的时候，也总是会带着父亲在身边。

随着曾祖父年岁增高，老病根越发难缠，而他又不肯听医嘱待在提孜那甫村好好休养，总是想尽办法跑回红其拉甫。那段时间里，父亲细心伺候曾祖父吃药，为他端茶倒水。曾祖父则捋着白胡子，每天絮絮叨叨地给父亲讲那些护边往事。祖孙俩在回忆与当下、幻想和现实交织的时间流中陪伴与玩耍，一起度过了最后的美好时光。那些镀了金色的英雄事迹常常令父亲听得两眼放光，热血沸腾。他一次又一次告诉曾祖父："您说的那些地方，我长大后一定要去！我也要做最厉害的牦牛向导！"

第三章 ◎ 红其拉甫

记忆像是一个注满水的瓦罐,在曾祖父暮年时迫不及待地往外溢,似乎想为逐渐风干的年华加些潮湿的慰藉。任家人怎样悉心照顾,曾祖父的病体依然每况愈下。眼看就要到祖父出发巡边的日子了,曾祖父却缠绵病榻爬不起来,他的肺部犹如一架精疲力竭的破风箱,发出沉重的嘶嘶声,每呼吸一口气,似乎都要用尽全部的力气。

祖父似乎已经预感到了什么,迟迟不出发去接任务。病榻上的曾祖父知道后,挣扎着欠起半边身子,将祖父狠狠训斥了一顿。祖父不得不流着泪一步三回头出发了。临走前,他再三叮嘱父亲,一定要好好照顾曾祖父,一定要等他回来。可是,仅仅在他出发一周之后,曾祖父倔强而飘摇的生命之火就猝然熄灭了。

曾祖父临走时,恋恋不舍地看向父亲,枯瘦的手指像是突然有了力气,紧紧攥住父亲纤细的手腕,指甲几乎嵌进了肉里。他眷恋的眼神噙着父亲的影子,缓缓合上,握紧的手却依旧不舍松开。

虽然父亲跟曾祖父曾约定过,要做个坚强勇敢的孩子,但在那一刻,当他摸着曾祖父冰冷的手,再也得不到温暖回应的时候,仍不免惊慌失措起来。他知道,自己生命中的一株稻穗被收走了,只留下回忆的米粒,再也无法填满思念的空阔。他觉着自己的心脏似乎被割掉了一块,痛得几乎难以忍受,不由撕心裂肺地放声大哭。

有生以来,7岁的他第一次明白了死亡这回事。

死亡就是一趟有去无回的列车,带走你身边的人,无论你多爱,多不舍,都再也不会回返。

我的曾祖父成为了父亲童年的雪白底色。父亲的人生答案,其实早已写就。

父亲或许就是在那一刻突然意识到,天地无涯,雄鹰是天地间的摆渡者,飞来飞去,弥合生死的裂隙。

相比祖父,曾祖父显然更了解父亲。他认为父亲的善良与生俱来,虽然性格淘气,但是心性善良喜欢做好事,帮助别人,从来不吝于分享和给予。

在父亲八岁那年,边防连的一名新入伍的哈萨克族士兵巴特尔在巡逻时走失。连队搜寻无果,在天放黑的时候,通知祖父紧急去搜救。

祖父急匆匆带好必备的救援工具,牵着马将要出门。父亲却拦住了他,死活要跟着去。

祖父生气地说:"你这么小,跟着去能干什么?只能给大人添乱。"

父亲拽着马缰绳不撒手,苦苦哀求说:"让我去嘛。我能做很多事,这些山我都很熟悉。"

第三章 ◎ 红其拉甫

"不行,你去不是给部队添乱吗?到底是找人还是照顾你?"祖父断然拒绝。

"我不用照顾的,平时我一个人在山上放羊、放牦牛放得都很好,你不带我,把我留在家里,要是狼来了把我吃了怎么办?"眼看没办法,父亲开始耍赖。

祖父被逗笑了。这借口可实在有些天真得可爱。

他被缠得毫无办法,只好答应下来。

夜晚的喀喇昆仑山,山高谷深,连绵起伏的群峰荒凉森郁,像一头头蹲踞着的硕大怪兽。寂静无声的沟壑间,藏着数不尽的危险。这里不仅有狼、雪豹、棕熊等猛兽,更糟糕的是晚上气温会骤降到零下二十度以下。如果不及时救援,人即使不被猛兽吃了,也会被活活冻死饿死。

组织起来的搜救队沿着巴特尔有可能去的山谷仔细搜索,父亲紧紧跟着祖父,也在焦急地寻找,帽子上已落了一层霜,鼻子冻得通红,连长长的眼睫毛上都结了霜花。

山里依然寒气逼人,在夏日的星空之下,雪山无声地融化成冰川融水,在叮咚流淌间散发出森森寒气。

巴特尔已经失踪一整天了,迟一分钟找到,就会多一分危险。

大家分散开,保持距离,大声呼喊着。

时间一分一秒流逝,还是没有任何消息。气氛越来越紧张,若是再找不到,拖下去就有可能发生意外。

这时祖父的衣袖被拉了一下。他低头看去,看到父亲正扯着他的袖子,指着对面的山谷说:"会不会去了那边的山谷?"

祖父顺着父亲手指的方向看过去,只见两山之间的山谷中隐隐有一条分叉的山沟延伸进群山之间。

祖父迟疑了一下,心里暗自想着,应该不会吧?但是还是招呼大家一起过去看看。

沟里地形复杂,蜿蜒曲折。沿着深沟进去,摸索着往前走了几公里,清冷的月光在深沟中只有一线窄窄的亮光,像一道水流。手电筒的光亮像微弱的萤火虫追随着这一线流光。

沟底并不平坦,巨石突兀横亘,不时有人跌倒,就在大家决定要放弃的时候,一块巨石旁边突然传来微弱的声音。

大家闻声赶过去,发现巴特尔已经冻得缩成一团,接近昏迷。大家赶紧将他搀扶起来,用军大衣团团裹住。

这时,祖父低头看了看紧紧牵着他衣角的父亲,只见他小脸冻得通红,正热切地望着那边。意识到被关注,他抬起头,迎住祖父的目光,脸上漾起一抹笑。

祖父总说父亲天生就是当护边员的料。自从那件事之后,父亲总是缠着祖父,想方设法跟着一起巡逻。

有一次,祖父跟边防连去巡逻,父亲死活要跟着,自己跑去

第三章 ◎ 红其拉甫

边防连,磨着指导员,让带上他。指导员不答应,他自己爬到牦牛背上,抱着牦牛脖子不下来。最后指导员没办法,对祖父说:"带上吧,这孩子聪明勇敢,是个好苗子,好好培养他。"那会儿,父亲只有十二岁。

十二岁的父亲骑在牦牛背上,摇摇晃晃地,开始了他的巡边生涯。红其拉甫的大石头兴许还记得,曾经有过一个孩子,被吓得脸色苍白,紧紧地抱着牦牛,从乱石堆里安然穿过;红其拉甫的冰河兴许也记得,有过一个孩子,将小短腿用力翘起来,躲避着四溅的水花,却并没有畏首畏尾;红其拉甫的冰川也许会记得,有过一个孩子跟着大人,踩雪而行,冻得嘴唇发紫,却始终一声不吭……

岁月像一把磨刀石,不断打磨着父亲。从那时起,祖父就认定父亲必将接过家族护边的重担,开始频繁地带他巡逻,有意识地教他辨认红其拉甫的冰峰雪壑,锻炼他的野外生存技能。

父亲想当兵的理想由来已久,或许是在一次次跟着祖父巡逻的时候起意的,也或者来自曾祖父的影响,更或者如祖父所说,天生就是护边的料。

有关父亲想要当兵的趣事,祖父一直当成茶余饭后的乐子讲给我们听。

有一天,祖父正在修羊圈,父亲满头大汗地跑回来说:"爸

·我的父亲拉齐尼·

爸,又开始征兵了,我想去当兵。你跟部队熟,能不能跟部队说一下,让我去参军啊?"父亲那年才十七岁,所以祖父没当回事,只不置可否地应了一声。

可是隔几天父亲又问祖父:"爸爸——爸爸——你跟部队说了没有?我什么时候可以去参军呢?"

父亲一直缠着祖父,最后祖父实在没办法,只能跑去部队,跟部队首长说了父亲的心愿。部队首长对我们家的情况一清二楚,一听是我父亲想要参军,很高兴,特别支持。部队的白团长对祖父说:"拉齐尼这孩子品格好,又勇敢又能吃苦,参军一定会是个好苗子。但是十七岁还是有些小,让他过两年再来当兵吧。"

又苦苦等了两年,父亲的心里像被猫挠着一样,天天数着日子,当部队通知他去体检后,父亲兴奋得一夜未睡,叽里呱啦跟祖父说了一夜话。第二天一大早,祖父还没起来,父亲已经换了新衣服,跑去村口等邮车捎他去县城医院体检了。当体检通过,拿到入伍通知书后,父亲激动地一口气跑到对面的山坡上,对着群山大吼大叫,惹得群山不断回响。

祖父说,这是他见过我父亲最开心的一次,比娶我妈妈还开心。

终于,父亲得偿所愿,在中国人民武装警察部队喀什地区边防支队红其拉甫边防检查站做了一名边防武警战士。

第三章 ◎ 红其拉甫

青年时的拉齐尼

这是父亲人生的另一段刻骨铭心的经历，篆刻在他的生命之碑上，成为他信仰的基石。穷尽一生，父亲始终不曾忘记自己是一名军人。他将这份对于军营的热爱，一并传递给我和弟弟。

所有人都觉着父亲像极了祖父。知子莫若父，知父莫若子。随着我一天天长大，有时候揽镜自照，瞧见镜中的自己，眼睛、鼻子、嘴唇、身量无一不像父亲，特别是目光中流露出的那股倔强劲儿更是神似，我越来越深地感受到我是父亲和祖父的孩子，是拉齐尼家族的孩子，更是帕米尔高原的孩子。

第四章 ◎ 死亡之谷

第四章 死亡之谷

  帕米尔高原的第一场雪一定是从吾甫浪沟开始下的。

  悲伤时下一场雪，开心了来一朵云，白色的雪，白色的云，像白色的棉花糖一样，堆在白色的长风下，覆盖着吾甫浪沟。有时那些棉花糖落下来，就变成了小溪，再多落一些，就变成了河流。

  河流是群山的心事。

  一道又一道的心事绕啊绕，绕成了吾甫浪沟的坏脾气。

再也没有一处地方比吾甫浪沟脾气更差，更任性，更善变了。这里的天气，是最多愁善感、最无理取闹、最反复无常的小孩，说变脸就变脸，说掉泪就掉泪。

喜怒无常的吾甫浪沟，封存着岁月寄往未来的洁白信笺，在那叠信笺里，有曾祖父、祖父作为第一代和第二代牦牛向导书写的痕迹。如今，主人公换成了我的父亲。

每年九月，牧草收割完毕，牲畜吃得身材滚圆，毛皮鲜亮。冷季将来未来，叶子将落未落，正是进入吾甫浪沟巡逻的最佳季节。若早一些，冰雪消融，山洪泛滥，泥石流不断；若晚一些，天寒地冻，冰裂长河，大雪封山，都不宜出入。

八月初，父亲接到部队进吾甫浪沟巡边的通知，就要开始为进吾甫浪沟巡边忙活了。

准备工作首先是挑选牦牛。牦牛群在短暂的暖季里散落在红其拉甫的沟沟坎坎里四处觅食。这是它们一年中最奢侈的季节。牧草拱破冻土冒出地面，干巴巴的苍山变得绿茸茸一片。轻松自在的牛群懒洋洋地晒着太阳，啃着青草，将这一年最幸福的时光都吃进肚子里。

那些健壮、聪明、温驯的牦牛被挑选出来，成为边防官兵们"不会说话的战友"，和红其拉甫边防连的官兵们一起，踏上穿越吾甫浪沟的巡边之路。

第四章 ◎ 死亡之谷

被挑选出来的牦牛会陆陆续续赶回村子,单独圈在一起,在出发前再提前送到边防连,方便参与巡逻的官兵们熟悉坐骑,练习驾驭牦牛的技巧。

别小瞧这些看起来憨厚老实的牦牛,它们平日里看上去很乖巧,但是牛脾气上来,要么撂挑子不肯走,要么把牛背上的人掀翻在地。不先跟它们搞好关系,一路上肯定会让你吃尽苦头。

骑牦牛也有诀窍,牦牛肩宽肚圆,不像骑马,坐在马鞍上两条腿可以相对舒服地踩着马镫子。骑牦牛的人两条腿得最大幅度地分开,像是强制练一字马,短时间可以,长时间腿痛欲断,人会像鸭子一样,撇着腿一瘸一拐。所以骑一阵子就要把腿收回来,放在牦牛背上歇一会,但是这样又很容易从牛背上摔下来。总之,骑牦牛绝对是个技术活。

边防连离我们家所在的红其拉甫夏牧场大约两公里左右,远远看上去,像是拴住群山的桩子一样,矗立在314国道旁。铅灰色的营房旁边那一片平坦的场地就是训练场。站在训练场上,向东远眺,就可以隐隐约约看到海拔在5000米以上的吾甫浪达坂了。

每年一度的巡边,从边防连出发,穿过戈壁滩,经吾甫浪沟到9号界碑,全长大约九十多公里,沿途要翻越八座达坂,蹚过八十多道冰河。这九十多公里,除了变化无常的达坂之外,还有乱石滩、一步崖、大峡谷等一道道关卡。每一次九十多公里的穿越，都是吾甫浪沟和父亲硬碰硬的生死交锋。他们彼此试图征服对方，却陷入漫长的胶着。

父亲从25岁开始做向导，这条路走了多次，一山一石再熟悉不过，但是每一次都不敢掉以轻心。

父亲第一次独立做向导巡边，是在2004年。那年，祖父身体很差。常年的高原生活，让他如曾祖父一样，也患上了高原病。肺和心脏都出了问题。这样的情形其实祖父早就想到了，只是没预料到，这一天会来得这么早。

父亲刚复员回来，正在考虑是否去县城工作，每天跑出跑进。祖父看着父亲，好几次想说，话到嘴边，却欲言又止。他有些心疼自己的独生子，祖父已经巡边38年，做好了让父亲接班做向导的准备，但事到临头，他还是很不忍心，却又别无选择。

那天，祖父煮好奶茶，坐在炕上等着父亲。父亲刚踏进家门，他就喊住了父亲。灯光温柔，父子两人坐在土炕上，说些闲话。讲到未来时，祖父始终放不下巡边护边事业，他忍不住将讲过无数遍的话语再一次交代给父亲："儿子，没有国家的界碑，哪有我们的家和牛羊？护边是我们家族的使命。我年纪大了走不动了，你要把我走的路延续下去，以后这任务就交给你了。"

父亲认真听着，望着祖父鬓边的星星白发，用力地点了点

第四章 ◎ 死亡之谷

头,说:"放心吧,爸爸。我会做好的。"

父亲如此痛快地答应下来,倒让祖父颇觉意外。巡边是一件苦差事,虽然父亲一直耳濡目染且从小有军人情结和戍边情结,但是真正的巡边生活,是走在生死线上,要将生死置之度外,要有自我牺牲的觉悟。祖父担心他过于理想化了。

出乎祖父预料的是,父亲对于巡边的热情和执着非常惊人。父亲小的时候,曾经有一次问过祖父:"爸爸,边防线是我们家的吗?为什么你整天不在家,总是去守边?"祖父听到后语重心长地说:"那是国家的边境线。没有国就没有家,守国就是守家。"父亲听了,认真地点了点头,对祖父说:"那我长大以后也要去守边。"

转眼间,父亲就真的长大,要去守边了。祖父欣慰而又忧心地看着父亲,自己也说不清楚究竟是该高兴还是担忧,内心五味杂陈。

2004年9月1日一大早,祖父将父亲送出家门,替他整理了一下衣服,然后默默地目送他在晨曦中向红其拉甫边防连走去。

这是父亲面临的第一次考验,又何尝不是祖父的考验呢?在父亲的背影消失不见之后,祖父依然久久站在原地,过了很久才发出一声似有若无的叹息,佝偻着背向回走去。

父亲对此一无所知,他沉浸在第一次出征的激动里。群山在睡梦中尚未完全醒来,黛蓝的天空上,星星一路在前面跳跃着领路。青春年少的父亲牵着牦牛,蹄声哒哒,一路叩响黎明的寂静。

九月的天气已经变得寒冷起来,夜晚最低温度可达零下二十多度,父亲的身上带着薄霜,大踏步走着。等快要走到连队了,远远地,看到训练场上牦牛和官兵们已经开始忙碌。

父亲和官兵们打过招呼后,立即开始给牦牛捆绑物资。祖父教过他,物资需要按照每日行程分门别类捆绑在不同牦牛背上,方便取用。捆绑物资也需要技巧,牦牛背宽腰粗,松紧合适才既不会掉下来,也不会影响脚程。

捆绑完了,父亲又挨个抻抻松紧,逐一检查了一遍。一切料理妥当,他跟即将出发的战士站成一排,30头牦牛,10名官兵,2名向导,列队等待出发的号令。

大家笔直地站着,连牦牛都抻长了脖子,气氛庄严肃穆。进入吾甫浪沟巡边,对于边防连官兵们来说,也是一年一度的生死考验。按照习惯,进吾甫浪沟,先写遗书,万一有不测,对家人也好有个交代。中华人民共和国成立以来,在这条巡边路上,有多名官兵为保家卫国献出了宝贵的生命,他们大多很年轻,年龄最大的也不过四十岁。

在将护边任务交给父亲之后,祖父曾专门叮嘱过他:"那些年轻战士,从天南地北大老远来到帕米尔高原为国戍边,要保障

第四章 ◎ 死亡之谷

穿过死亡之谷吾甫浪沟

他们的安全,哪怕因此牺牲自己。"父亲郑重地答应了下来。

当东方越来越亮,一轮红日如燃烧的火球跃出地平线的时候,指导员讲完话,臂膀一挥,大家纷纷跨上牦牛,集体行了一个庄严的军礼,踩着燃烧的光芒,踏上了前往吾甫浪沟的巡边之路。

第一次独自做向导,父亲既兴奋又紧张。他走在最前面,迎着风,向着乱云飞渡的吾甫浪沟进发。

吾甫浪沟从塔墩巴什河中段斜插进去,破开高耸入云的喀喇昆仑山,由西向东延伸,纵横连接着与巴基斯坦相邻的蜿蜒漫长的边防线。这条巡逻路线,连接8号、9号界碑,是全军唯一一条只能依靠骑牦牛执勤的巡逻线。

这条路在父亲十来岁的时候,祖父就带着他走过,沿途的标志,也都仔仔细细指给他看了,所以父亲并不陌生。

父亲瘦削的身体挺得笔直,因为紧张,他的唇角紧紧地抿着,让他刚刮过胡子的青色下巴看起来棱角分明。

在经历了几个大晴天之后,气温有些降低。踏上前往吾甫浪沟的戈壁滩不久,头顶的霞光就变幻成一团团镶着灰边的云,一路跟着他们。在初升的阳光下,云团像是带着灰尘的绵羊在旷野中奔跑一样,在天空溅起一圈圈涟漪。

河道里,塔敦巴什河接纳了新的雪山融水,水流咆哮湍急,

第四章 ◎ 死亡之谷

夏日山洪的痕迹依然清晰可辨，脚下碎石遍布的过水小路与头顶云蒸霞蔚的天空波谲云诡。

一路上，牦牛的蹄声像是鼓点般回荡，父亲不想牦牛累着，一路牵着牦牛步行。当队伍走到吾甫浪达坂下面的时候，队伍暂时停顿了下来，做短暂休整，并再一次检查了一遍捆绑的物资，才开始继续进发。

吾甫浪达坂一面是山峰，另一面是冰达坂，中间是河滩，虽然堆满覆雪的乱石，比起后面要走的路，尚算轻松。

但是天气情况却实在令人担忧。

天上大团大团的云尾随不去。随着海拔的攀升，云层越积越厚，像是一块块浸满水的沉重的羊毛。大家不由加快了步伐。当队伍快要翻过吾甫浪达坂到达乱石滩的时候，云沉得像是随时要从天上掉下来。父亲忧心忡忡地抬头看着天色。

翻越吾甫浪达坂，大约花费了两个多小时，为了赶在天黑前到达铁干里克达坂前面的宿营地，路上不能耽误太久。

队伍没有停顿，依序而行，在奇形怪状、巨石密布的乱石滩上寻找着落脚点，谨慎地前进着。

乱石滩本来是一座风化的山峰，不知什么时候，山体突然间崩塌，形成了一大片乱石嶙峋参差纵横的残体。这一路上，最多的就是这样的乱石滩，那些始于洪荒时期的石头像是一群终于解脱束缚的淘气鬼,迫不及待地翻滚着,找到自己喜欢的位置,然后静静等待,等到有人由此经过,它们就会探出身子故意捣蛋一下,做一些偷偷伏击的恶作剧。

那些大大小小的石块,有的边缘被切削得锋利无比。它们有时故意将利如刀刃的一面向上,候着牦牛踩上去的时候,划伤它的蹄子;或者故意虚悬着,等有人踩到,就立刻左右摇晃,让人立足不稳而跌倒在地。

若是伤到蹄子,受惊的牦牛会在瞬间暴走,后果难以预料。若失足跌倒,每一块石头都会化身为狰狞的利器,人跌落上面,非死即伤。我祖父就曾经在乱石滩受过伤,至今腿上还留着一块深深的伤疤。

父亲一边观察着天色,一边带领着巡逻队在乱石间行进着。他忧心如焚,但是却又无法加速。

在正前方,海拔4254米的铁干里克达坂就在眼前,可是天上的云似乎也跌到了眼前,风更加暴虐,天上的云积成厚厚的一层,开始飘起了细碎的雪花。父亲焦急地看看天色,判断大约会有暴风雪,因而愈发急切地想要带着队伍尽快翻越过去。

越往上走,寒意越深,鹅毛般的大雪开始纷纷扬扬地飘落,狂暴的大风呼啸着卷起雪花,飞镖一样从脸上嗖嗖嗖地刮过。天上起了白毛风,将人吹得歪歪斜斜,身上厚厚的棉衣和外面的皮

第四章 ◎ 死亡之谷

风雪巡边

衣变得像纸糊的一样,完全挡不住刺骨的严寒。巡逻队不得不下了牦牛,抓着牦牛尾巴,缓慢地挪动。

白毛风继续不管不顾地吹着,雪花越来越密集,逐渐形成来势凶猛的暴风雪。暴风雪让天地瞬间易位,四野苍茫一片,雪花在眼前不断飞舞旋转着,人像是被装进了一个盛满雪的滚筒洗衣机里被不断搅拌。

除了雪,还是雪,远处的一切都变得模模糊糊难以分辨。暴风雪似乎冻结了时空,无休无止的白,将天地遮挡得密不透风,令人喘不过气来。能见度也变得越来越差,几步之外就看不清任何东西。所有人只能紧跟向导,亦步亦趋艰难挪动。

父亲紧紧地牵着牦牛依靠本能蹚雪领路,雪越下越大,路况也越来越差。牦牛蹄子踩下去,每一步都深陷雪中,鼻孔因吃力而喷出浓重的白色水汽,又迅速凝结成冰珠。

随着海拔的提升,父亲的心脏在暴雪缺氧状态下跳得越来越吃力,胸口像是要被撕裂一样疼痛,他不得不尽量弓着身子,低下头,顶着风雪行走,并努力将嘴张大,大口大口吸着气,来辅助呼吸。

最后,他带着巡逻队好不容易摸索到一片稍微背风点的地方,知道无法再前行了。父亲和队长商量,决定大家挤在一起暂作躲避,待暴风雪过后再继续前进。

第四章 ◎ 死亡之谷

山风呼啸,大雪弥漫,人和牦牛围困在雪原中,虚弱而无助。在极度的严寒中,大家冻得缩成一团,即使抱团取暖也无法阻止热量流失。所有人都冻得快要支撑不住了。

父亲觉着自己像是赤身裸体站在雪原中,寒风似乎正一点点渗入他的骨头缝里,在身体里结成冰,他觉着自己冷得连血液都快要凝固了。他焦急万分,急得眼泪都快要掉下来了。他答应过祖父,必须保障巡逻官兵的安全,如果继续这样下去,大家都会因失温被冻死在这里,那样他死都不会原谅自己。

时间滴答流逝,气氛越来越紧张,待在这里进退两难。所有人都焦急万分,但是面对自然的巨大威力却完全束手无策。就在大家快要绝望的时候,父亲突然大叫了一声:"我真笨。"然后急急忙忙招呼另一名向导,把所有的牦牛赶到一起,让它们一头一头紧紧地挨着,围成一堵厚实的挡风"围墙",然后让所有人都站在"围墙"中间,紧紧地贴着牦牛的身体。凄厉的风被挡在了牦牛墙外,牦牛身上的热量,通过皮毛迅速传了过来,大家快要冻僵的身体,终于慢慢恢复了热量,不再觉着那么冷了。这是祖父曾讲过的方法,第一次用,没想到真的很管用。

大家静静地在牦牛墙中等待着。不知过了多久,风雪的幕布才终于被揭开,视线能够看清远处洁白一片的天地了。暴风雪肆虐的威力终于消退,天边露出一抹亮光,巡逻队总算化险为夷了。

·我的父亲拉齐尼·

  到达宿营地的时候,已经深夜,比计划晚了大半天,幸运的是,所有人和牦牛都安然无恙。大家开始生火做饭。当熊熊的火光在漆黑的雪原中燃起,一天跋涉的疲惫、紧张逐渐消失,大家相继进入了梦乡。

  暴风雪过后的天幕上,星辰如冰晶般璀璨剔透,大山合围,似乎用手臂护卫着这群闯进来的不速之客,吾甫浪沟以短暂的温情,展示着它不同凡俗之美。河水在薄冰下汩汩流淌,永恒诉说着群山的心事,白日里山石滚落的声音,也像是静止了一般,连呼啸的风声也变小了,直到火光减弱,宿营地上响起此起彼伏的鼾声,风才重新小心翼翼地响了起来。

  父亲躺在睡袋中,又用外套盖住头,却怎么也睡不着,回首苍茫来路,他依然觉着后怕。如果在暴风雪中迷了路,误入风暴中心,后果将不堪设想。虽然这一次巡逻队化险为夷,安然度过了那个恐怖的暴风雪时刻,却也给他结结实实上了一课,让他更加知道,山高路险,情况复杂多变,一切尚需小心更小心,谨慎更谨慎。

  当高原夹带着露水的曙光,落在身上的时候,巡逻队在清冷的山风中醒来。父亲爬起来,用冰冷的河水擦了一把脸,昏沉的脑袋瞬时清醒了起来。今天就要过一步崖和大峡谷了,那里才是真正的考验。

第四章 ◎ 死亡之谷

拉齐尼与战士们

刚下完雪,一步崖上面的小路几乎看不见,只留下一丝似有若无的痕迹。这条小路只有二十厘米左右宽,刚刚能放下一只脚,是年复一年的巡逻途中,由牦牛硬生生踩出来的。路的下方是陡峭接近九十度的悬崖,约有五六十米深,另一边是落差七八米的山体。因为山体滑坡,到处都是细碎的石子。踩上去,窸窸窣窣的石子就会随着前进的脚步不时滚落下来,一不小心就会摔下去。

在踏上一步崖之前,父亲仔细检查了牦牛身上的物资和鞍子。走一步崖决不能出错,稍有不慎,就会牛毁人亡,之前,祖父巡边的时候,他有好几头牦牛就是由这里摔下去,摔死了的。

父亲牵着牦牛,走在队伍的最前面。他转身提醒官兵们,抓紧牦牛,把身子尽量贴紧山体,万一有什么状况,一定要倒向山体那一面。

这时,有的官兵干脆跳下牦牛,用手抓着牛尾巴,排成一排往前走。

牦牛厚实的蹄子稳稳地踩在小路上,鼻孔喷着白色的气息,一步一喘向前走着。

空气静得像是要凝固一样,只有偶尔踩落的石子发出让人心惊肉跳的异响,翻滚着跌入冰河中。所有人都神经紧绷,目不转睛地注视着前面的路。

第四章 ◎ 死亡之谷

艰险的巡边路

父亲是第一个通过的。通过之后，他守在那里，等着后面的人一一通过。眼看剩下最后几头驮着物资的牦牛了，前面有一头牦牛突然停了一下，后面的牦牛没留神一头撞了上去。被撞的牦牛受惊，跳了起来，猛地向前冲了出去。父亲眼疾手快，把挡路的牦牛拉开，让出了一条路。等那头牦牛冲到跟前了，父亲伸手去抓缰绳，一直跟着牦牛跑出去几十米，才将它拦了下来。这一幕，看得大家心惊肉跳。

等所有的牦牛全部通过了，队伍稍事休整后，即将进入大峡谷。蜿蜒曲折的大峡谷被称为"一线天"，像一条扭曲的巨蛇嵌在两山夹缝间。峡谷中冰河纵横交织多达八十多道，巡逻队需要来来回回穿行。穿过峡谷，到达再勒阿甫达坂，也就到了8号、9号界碑所在的位置。

牦牛队沿着塔敦巴什河慢慢进入谷中，抬头仰望，逼仄的峡谷被两座山紧紧地夹峙着，头顶高高的一线天空，像是未曾合紧的手掌漏下的一道天光。虽然已过汛期，但是河水依然气势不减，淡青色的河水如同青玉一般，挟裹着冰凌，不断冲刷着岸边的积雪，向着远处奔涌而去。

峡谷中的气温大约零下二十多度，寒气逼人。每蹚一道冰河之前，大家都要高高抬起脚，把脚蹬子甩到牦牛背上，防止溅湿衣服，也防止牦牛过河时，蹄子不小心踢到脚蹬子里被绊倒。

第四章 ◎ 死亡之谷

峡谷中的牦牛队

父亲骑着牦牛,仔细观察着。在这道峡谷中,不仅渡冰河随时会发生危险,还会有落石和塌方。看似坚固的山峰,在亿万年光阴的作用下,有的地方已经变得脆弱不堪。那些松散的山石,像是急于挣脱大山束缚的孩子,不断剥离着,不知什么时候,就会突然落下来。

因此在谷中说话要小心翼翼,千万不能大声,以免因为回声引起塌方。行进的时候,也必须万分小心,随时观察山峰的情况。

父亲一边走一边仔细地观察着,不时引导着队伍暂停或者快速通过。这条峡谷全长将近18公里,队伍必须赶在下午前到达谷口,一旦被困在山谷里,无论遭遇河水上涨还是山体垮塌,都将面临灭顶之灾。

在蹚过一条冰河的时候,有一头牦牛在往岸上爬的时候踩在岸边的冰盖上,脚下一个趔趄,将背上猝不及防的战士甩了下去。急流中,战士被冲向下游。父亲见了,赶紧从牦牛背上跳入水中,紧追过去。好在那名战士伸手抱住了河中的一块巨石,暂时稳住了身体。父亲赶到他身边,大喊呼救,两人终于坚持到其他战士赶到,救他们脱了险境。这时,两个人的衣服全湿了,大家赶紧帮他们换衣服取暖。父亲怕耽误时间,略微整理了一下,忍着寒意,催促大家快些前进。

还好,后面的路程有惊无险,总算是到了再勒阿甫达坂。

第四章 ◎ 死亡之谷

骑着牦牛的拉齐尼在急流中

竖立9号界碑的高台就位于再勒阿甫达坂右侧，左侧一公里处则立着一半是石头一半是水泥的8号界碑。

80米高的高台，是一道风化石和巨石混合形成的陡峭斜坡，需要有人先爬上去把绳子放下来，将其余的人一个一个拉上去才行。如果一起攀爬，前面的人极易将石头碰落，伤到后面跟着的人。

父亲自告奋勇先上，获得批准后，他走到高台前，向上看了看，将身上背着的绳子往身后挪了挪，用手抠着石块，顺着斜坡奋力向上爬去，在踩落了几块石头之后，父亲向下看了看，深吸一口气，一鼓作气登上了高台顶端。

那是一片开阔的达坂顶，平整宽敞，一眼就可以看到下面奔涌的河水，9号主界碑就稳稳地矗立在高台的中央位置。

父亲将身上背着的绳索取下来，一端绑在巨石上，然后抛了下去，大家顺着绳索爬了上来。

当所有人都到齐了，大家簇拥在9号主界碑前，抬头仰望。

9号界碑，是吾甫浪沟尽头的国界界桩，沿着9号界碑再往前，顺着克里满河到达布拉尔杜河与克勒青河，就会到达16号界碑。

已近黄昏时分，9号主界碑威严地耸立在巡逻队眼前，这是中华人民共和国成立后政府按照相关要求的标准规格定制的大

第四章 ◎ 死亡之谷

型界桩,高4米,露出地面部分的高度为2.7米,长宽各为0.6米。

帕米尔高原澄澈的蓝天下,铅灰厚重的界碑威严耸立,红色大字如鲜血般耀目,据守着祖国的边境线,昭示着国家的主权。

离这块界碑不远的地方,可以望见另外一块界碑,那是石头和水泥混合浇筑的8号界碑。数十年前,我的曾祖父和边防战士们一起克服重重困难,搭建起了那块石刻界碑。在那块简易界碑上面,有手刻的"中国"两个字,那是靠铁镐一点一点雕刻上去的,字体粗糙,却清晰无比。

在这片高原上,像这样刻着"中国"两个字的石头随处可见,那是曾祖父与祖父沿用的风尚,也是我们塔吉克牧民的习惯。牧民们将对祖国的热爱,凝聚成"中国"两个字,篆刻在帕米尔高原上,也篆刻在拳拳爱国心中。

父亲虔诚地绕着界碑转了一圈,进行检查,检查完后与战士们细心地清理干净界碑上的污泥,并为界碑重新描红。描红完毕,所有人都虔诚地站在主界碑前,重温入党誓词。

猎猎风声中,这一刻永恒地凝固在时空中。

"我志愿加入中国共产党,拥护党的纲领,遵守党的章程,履行党员义务,执行党的决定,严守党的纪律,保守党的秘密,对党忠诚,积极工作,为共产主义奋斗终身,随时准备为党和人民牺牲一切,永不叛党。"

·我的父亲拉齐尼·

祖父把"中国"篆刻在石头上

第四章 ◎ 死亡之谷

短短80个字的入党誓词,深深地刻在父亲的心中。父亲默默地凝视着界碑,心中热血激荡。

他想起自己入党的时候,站在鲜红的党旗下宣誓的情景,那一刻似乎跟此刻融为了一体。

成为党员,是他自小渴望的荣光,是曾祖父与祖父传给他的党员之家、红色之家、爱国之家的骄傲,是祖孙三代的红色基因传承。"共产党员"四个字,是我们家几代人的使命所系,亦是整个家庭以热血捍卫的至高荣誉与护边责任。

当黄昏来临的时候,巡逻队在9号界碑旁边的宿营点燃起了篝火,父亲偎着篝火坐着,为大家弹起了热瓦普。

帕米尔高原之夜深邃静谧,头顶的星空似乎近在咫尺,璀璨的点点繁星在幽蓝的天幕上闪耀,似乎触手可及。风声猎猎拂动着万千星辰,不时有流星从远方滑落下来,拉出一道道划破夜空的优美的弧线,一切美好的如同梦境。

父亲深情悦耳的琴声在帕米尔高原的夜空下回荡着,将所有的爱与深情,化成一串串音符,随风送向壮阔山河。

花儿为什么这样红
为什么这样红
哎,红得好像

·我的父亲拉齐尼·

护边员拉齐尼为官兵弹唱《花儿为什么这样红》

第四章 ◎ 死亡之谷

红得好像燃烧的火

它象征着纯洁的友谊和爱情

…… ……

那次回来之后,父亲如实向祖父汇报了这一路上遇到的险情,祖父认真地听着,并不时地给他分析应急的办法。最后,祖父望着父亲,认真对他说:"儿子,你一定要记住,无论何时,安全最重要。任务可以想办法完成,但是战士们都还年轻,必须优先保障他们的安全。"从此,这句话深深印在了父亲心头,内化成了他的信念。

2011年,在父亲执行巡边任务时,队伍遭遇暴风雪袭击。当时,雪又大又急,不一会儿,地上的雪就顶到了牦牛肚子,几乎把牦牛埋住。天却没有任何放晴的迹象。

在翻越冰达坂时,战士裴涛突然从牦牛背上摔了下去,掉进了雪下的暗河里。当时周围的冰雪受到震动,不断垮塌,裴涛的生命危在旦夕。

父亲一边高喊着让大家千万不要动,防止垮塌面积加大,一边立刻趴下来,增加受力面积,慢慢爬向裴涛所在的位置。裴涛跌入的雪洞离地面还有一段距离,父亲无奈地发现,想要把裴涛拉上来,要么爬回去找绳子,要么就地想办法。但回去找绳子极有可能继续增大垮塌面积,增加救援难度以及发生意外风险。

他抬眼看了看四周,除了雪什么都没有,再耽误下去,裴涛可能就会有生命危险,于是父亲咬咬牙,脱下自己的衣服,打成结,爬向雪洞,将衣服抛下去让裴涛抓住,本想把他拉上来。可是,一用力,周围的雪又不断地向下垮塌。他心急如焚却毫无办法,只能一遍遍调整力度和角度,不断做着尝试。他的身子长久地趴在雪地上,手指冻得几乎失去知觉。他咬着牙,努力尝试着,最后终于将裴涛从雪洞里救了上来。裴涛得救了,可是父亲却被冻得昏迷了过去。

2013年9月,父亲再一次跟着官兵到吾甫浪沟巡边,当他们走过乱石滩,到达一处断崖时,却发现由于山体滑坡,去年巡逻时做的标记和路都已经没有了,眼前只剩下如同刀削斧劈般的陡坡和悬崖。

没有路,怎么走?战士们都犯愁了。

"没事,再难再险我都会带你们过去的!"父亲向大家保证说。

他让部队稍作休息,自己攀上悬崖峭壁探路。这时,山上不时有石块滚落,山下是滚滚的河水,很是危险。但是父亲却不管不顾,奋力在山崖中攀爬着到处找路,突然,一块落石砸中了他的头部,父亲身子不稳,连跌带滚摔在了悬崖脚边,鲜血直流。

第四章 ◎ 死亡之谷

　　随行的战士赶紧对父亲的伤口进行应急处理,父亲清醒过来以后,战士们劝他回去,他坚决拒绝了,并对大家说:"这是任务,我绝不能因为一点小伤耽误了巡逻。"父亲强忍剧痛,历经两个多小时,终于在石壁间找到了一条由岩羊蹚出、相对安全的小路,让官兵们得以顺利通过。

　　还有一次巡逻时,当队伍走到塔敦巴什河一带时,海拔4098米的河床边已结了冰。河道中间,水流卷着浮冰起伏奔涌。赶了好几次,牦牛们却怎么也不愿意再向前走。父亲反复尝试,最后好不容易才赶着自己骑的牦牛先下了水,后面的牦牛看到了,也一个跟着一个下到了河里开始过河。

　　但是不知道为何,轮到班长王刚的时候,他的牦牛在湍急的冰河中间突然像发疯一般上蹿下跳,怎么也拉不住。河里全都是边角锋利的顽石碎冰,班长若被甩下牛背则后果不堪设想。眼看王刚就要被牦牛从牛背上甩下来时,已经过了河的父亲飞身跳下牦牛,冲进齐腰深的冰河中死死地拽住了牦牛的缰绳,拉着那头牦牛一步一步蹚过了冰河。

　　上岸后,大家才发现,原来王刚骑的牦牛被冰河里锋利的石头划破了蹄子,鲜血直流。如果不是父亲及时出手,会面临更大的危险。

　　不过大家也为我父亲担心,那种情形下,一个不慎,他不仅

·我的父亲拉齐尼·

祖国万岁

第四章 ◎ 死亡之谷

极有可能被牦牛撞倒,更可能会被冰河冲走。要知道,一头成年牦牛体重通常有四五百千克,踩下去后果可想而知。而冰河中更是凶险无比,生死往往一线间。

类似的事情太多了,父亲像个拼命三郎一样,在这条死亡之谷中来回穿梭,用尽全力践行着自己的职责以及对祖父的承诺。在他护边的16年中,最让他骄傲的一点是,从未有官兵牺牲。

2019年,父亲最后一次进吾甫浪沟。长年累月在户外奔波,高原强烈的紫外线将他棱角分明的脸晒得黑红。青黑的胡楂儿顾不上刮,已经遮住了大半张脸,让他看起来比实际年龄苍老了许多,但也显得更加沉稳。

这次的任务比较急,父亲接到通知后,立刻带着几名护边员四处去挑选牦牛,终于在出发的前一天晚上把所有要用的牦牛配备到位。

随着边防建设的日益增强,这些年,边防公路一直由连队修到了吾甫浪达坂前,省去了十来公里的跋涉。其他单兵装备也在不断改善,无论是帐篷还是军用食品,都越来越好。

与连队约好在吾甫浪达坂会合,父亲和其他几名护边员早早牵着牦牛,在吾甫浪达坂下面等着边防连的战士们。那天,高原上起了薄雾,雾并不大,像一道轻柔的薄纱,影影绰绰地萦绕在山脚下。

·我的父亲拉齐尼·

战士坠入冰河

第四章 ◎ 死亡之谷

等队伍会合后,父亲领着大家迅速地分拣捆绑好物资,又检查核对了一遍,在队长的命令下,一行人踏着晨曦向吾甫浪达坂进发。

清晨的吾甫浪达坂,在云雾的包裹下,宛如幻境,幽蓝的冰川疏离出尘,经年不化的雪峰如白色的巨浪般绵延不断,层层叠叠堆到天边。

薄雾随着海拔的攀升渐渐变得浓烈起来,天气也在瞬间骤变。几乎是一眨眼的工夫,刚才还如梦如幻的帕米尔展示出它至为冷酷、暴虐的一面,风雪交加,瞬间而起的白毛雪将人与牦牛挟裹其间,不辨东西。

风酷烈地吹着,像是把雪一把把抓起来再猛地丢出去,大雾弥漫,遮天蔽日,让所有参与巡逻的人都迷失了方向。

牦牛受到惊吓,开始在雪雾中没头没脑地乱跑乱撞,任凭牦牛背上的官兵怎么拉缰绳也不肯听话。随着雪雾越来越浓,在雪雾中失踪的官兵也越来越多。

父亲也被困在雪雾中,他焦急万分,周围全是不断翻飞的雪花,目光所及,一片洁白。就在他焦急不已的时候,耳边听到风声中隐隐约约夹杂了哨声。他竖起耳朵听了一会儿,确定不是自己的幻听,高兴地赶着牦牛,向着哨声的方向赶了过去。

风声呼啸,哨声时断时续,他走一会儿就得停下来,仔细分辨片刻,然后继续向前走。就这样,终于看到前面隐约有几个模模糊糊的影子,停在风雪中。他走到近前,看到是队长,这才安心下来。

父亲和队长会合后,队长继续吹响哨子,渐渐地,周围响起几声若有若无的哨声呼应。队长高兴地看了他一眼,更用力地吹响口哨。他们身边聚拢的人越来越多,可还是有掉队的。

父亲四处看了看,要求去寻找其他走失的人。队长看了看天色,雪雾似乎小了一些,就同意了父亲的请求。父亲立刻出发,按照地形情况和牦牛的习性,顶着风雪冲了出去。

就这样,他顺着山侧慢慢摸索着向前走,走出去很远,隐隐约约看到一个影子,近前了才看清,是战士邰禹阳正焦急得转来转去找不到方向。看到父亲,邰禹阳急切地问:"队长他们在哪里呢?其他人呢?牦牛不肯听话,在风雪中乱跑,我怎么都找不到大家。"

父亲来到他的身边,安慰他说:"别担心,我先带你和队长会合,还有一些人走散了,我们继续慢慢找。"

雪雾开始减弱,周围的能见度也好了一些。父亲一趟一趟,把走散的人一一找了回来,清点完人数,发现人都聚齐了。天色也看起来明亮了一些,为保障任务完成,大家继续向前进发。

第二天,当穿过铁干里克继续往前时,出现了一道陡坡,几

第四章 ◎ 死亡之谷

暴虐天气里的巡边队

乎成七八十度，牦牛们开始往上爬。邰禹阳骑在牦牛背上，有些紧张，他想拉紧缰绳让牦牛慢点走，谁知道拉得太重，牛鼻子被拉疼了，牦牛暴跳如雷，猛地转身向下冲，一下把邰禹阳甩了下来，邰禹阳的一只脚还挂在脚蹬里，没有办法挣脱，只能尽力抬起头，以免头部与地面撞击，身体却被牦牛拖着跑。他的身体在地面上摩擦着，衣服很快被磨破，周围传来一片惊呼声。

这时，父亲从旁边猛冲过来，飞奔着追上邰禹阳的牦牛，一把抓住了牦牛缰绳。牦牛正在跑，被人拉住缰绳，猛一仰头，一蹄子踩在父亲的脚上，父亲疼得大叫了一声，却还是紧紧抓着缰绳不松手。这时有人赶了过来，接过了缰绳，扶着父亲坐了下来。军医帮父亲检查后才发现，牦牛将他的脚踩得鲜血淋漓。

伤口虽然上了药，可父亲的脚背还是青紫肿胀得可怕，军医担心伤到了骨头，建议父亲立刻返回连队。但是父亲却坚决不同意，他说："不碍事的，你们看，我能走呢。"说着，挣扎着站起来，忍着疼，在地上龇牙咧嘴地走了一圈。

军医跟父亲早就相识，知道他的脚曾受过多次伤，而每次新伤都叠加在旧伤之上，但他更知道父亲的性格，任务没完，他一定不会下火线，所以只能硬下心来叮嘱说："那你一定要当心，不要碰水，也千万别碰到伤口。"父亲点头同意了，乖乖地骑上了一头牦牛。

第四章 ◎ 死亡之谷

一路上,父亲都镇定自若,像是没有大碍的样子,但是任务完成回家之后,休养了一周,脚上的伤都没有好。

曾经有人问我父亲,难道不怕死吗?

父亲低下头,盯着脚下的土地,认真想了许久,然后才慢慢地回答道:"我当然会害怕,巡逻的路上,沿途会经历暴风雪、泥石流、塌方、山洪、饥饿、野兽,每天都像是踩在生死线上走钢丝,我经历过亲人的离世,也经历过死亡的考验,因而深深畏惧死亡,从而更珍惜活着的每一分每一秒,更珍惜与家人朋友在一起的时光。珍惜生命,好好活着,是我所知道的最重要的事情。"

父亲接着说:"巡逻的路上,所有人都是为了一个共同的目标而努力,大家经历生死,不分彼此,情同手足。有一次,在巡逻的路上,一头牦牛自行上山,将一块大石头踩了下来,如果不是旁边一名战士眼疾手快,一把将我拉到一边,大约我早就不在了。

"还有一次,我的鞋底磨烂了,连长把自己的鞋脱下来,让我穿,他说'我没事,你穿吧',而他自己却光着脚,那一刻,我感觉特别温暖。这些片断一直牢牢记在我的心里。"

父亲的眼睛湿润了。他抬起头,眺望着远处的群山,一字一句地说:"每个人都有自己的使命,我的使命就是守边护边。"

这壮美的河山是他的国,也是他的家,他的头顶有父辈的嘱托，他的脚下有厚重的土地，他的身后有血脉相连的人民。他曾暗自发誓："这一生，要守好每一寸土地，决不辜负身后的人民。"他一直努力地去遵守自己的誓言，从未忘怀。

这就是我的父亲，他的心中似乎总有无尽的火焰在燃烧，照耀着信仰的天空，温暖着别人。

每每念及此，我的心里仿佛有一只雏鹰也在使劲鸣叫，奋力拍打着翅膀，想要破胸而出。往事抛撒着无法言说的温柔，像春日落花一般飞满心底每个角落，轻盈却又沉重，却依然予我芬芳。多愿意这芬芳永不消散，日日环绕着我，一如父亲的守护。

第五章 ◎ 群山记忆

第五章 群山记忆

就像树木的年轮一样,大山也有大山的年轮,它们深刻在帕米尔高原的心脏之上,见证过沧海桑田,也见证过群山往事。

有时,我仰躺在牧场上,头顶的云像是急着赶路一样迅疾飞逝。饱满而又浓郁的天空蓝,像是随时都会滴落。人被这些蓝覆盖着,像是被海水覆盖一般。群山浪潮般一波波上下起伏,身下的牧草,也如水草般柔柔地摇动。我似乎能感受到大山的年轮挨着我的后背,窃窃私语。

它们自顾自说着我听不懂的语言，说一会儿就会突然停下来，像是在思考什么。这时，刚还汹涌的浪潮突然止息，万籁俱寂。但也只是一瞬，猛地一下，它们又滔滔不绝地说开了。于是，草摇风动间，塔什库尔干河继续流淌，听凭群山之音随风飘荡。

说到开心的时候，山上就会芳草茵茵，鲜花盛开；不开心的时候，山头就会阴云密布，冰雪层叠。

我特别想要听清楚大山在说些什么，可有一件事是与我有关的？我经历的成长与失去，偷偷隐藏的悲伤与孤单，都是它们所知道的吗？

我将手臂伸展开，像翅膀一样停在身体两侧，紧贴在起伏的绿色山岗上，像一只停在风中的鸟儿。若就此起飞，我的翅膀是否能带我找到父亲？

在这片连绵起伏的群山之上，提孜那甫村总共有五个执勤点：八连草场、空盖沟、八道班、九道班、前哨班。它们依次错落分布在314国道上，是与巴基斯坦相邻、环境最艰苦、地形最复杂的执勤地区。

父亲就在八连草场执勤点工作。在他牺牲之后，那里被命名为"拉齐尼执勤点"。

站在帕米尔高原上，目光所至，天空高远，雪山绵延。蓝天白

第五章 ◎ 群山记忆

云铺缀成天上的坦途,跌落云端的则是嶙岣嵯峨的山川河谷。在长达888.5公里的边境线上,群山在帕米尔高原肆意驰骋,河流则蜿蜒如龙蛇,盘踞在浪潮起伏的褶皱中,形成了帕米尔高原独有的磅礴与激荡。

生活在这里的塔吉克族自觉承担着护边重任,他们散布在帕米尔高原的山岭沟壑间,逐水草而居,一边放牧,一边守土护边。每一座帐篷都是一座边防哨所,每一名牧民都是一名边防哨兵。那些边境线上,写着"中国"两个大字的石头,是护边的牧民用脚步丈量的土地。脚步走到哪里,"中国"就烙印在哪里。

他们不求回报,没有编制,不领工资,自觉自愿,日复一日,年复一年地坚守着。直到近些年,他们才被正式纳入编制,有了统一的身份,统一的制服,成为领工资的护边员。

父亲和提孜那甫村其余的护边员一起,分别在5个执勤点执行护边巡逻任务,每次为期15天,半个月一轮休。轮休期间,除了处理家里积攒的农活和家事,还要在乡里接受统一的训练。

父亲他们每天早上10点开始巡逻,骑着专门为护边员配发的摩托车。通常国旗被插在第一辆摩托车上,当摩托车在高原上奔跑的时候,风就会把国旗吹得猎猎作响。

等骑到小路尽头的时候,大家下车步行,父亲总会举旗走在最前面。

·我的父亲拉齐尼·

春夏秋冬,四季有变迁,他们的步伐却从未改变,一遍又一遍,像是在为群山一遍遍勾勒年轮。

要知道,在高原上跋涉,海拔如果超过4000米,即使徒手行进,也如同负重20千克,更何况他们每一次出发都要带上电警棍、望远镜、手电筒、水壶、食物等物资,有时甚至还需要带着沉重的盾牌,从早到晚,寒来暑往,风雨无阻。

哪怕是对我这个护边员的女儿来说,那样的路途也是艰难险阻、障碍重重的。那些幽深的崇山峻岭,像蒙了层隐秘的面纱,风雪、山洪和塌方是背后永恒的主题。我虽然未必会迷路,但是,这种冒险真的不太适合女孩子。

有一次,父亲轮休,他预备带着我和拉迪尔一起去旁边一座山上巡逻。他想这个有很久了。为此从某一个暑期的凌晨开始,父亲就带着拉迪尔练习军体拳。父亲虽然也喊了我,但是要求要宽松许多。

父亲先把身子伏下,做了几个伏地挺身,换到拉迪尔做,他完全不得要领,总是咕咚一声跌倒。我们笑得不行。父亲忍住笑,对拉迪尔说:"儿子,你要将力量和重心置于腹部。"

我知道这些都是父亲为了带我们去巡逻做的准备。

临出发前,母亲为我们装好包尔萨克点心,塞进一个旧书包里,挂在我身上,又给我和拉迪尔的口袋里各塞了一把杏干。

第五章 ◎ 群山记忆

我们跟着父亲,带着大狗种兴致勃勃地出发了。走不多远,我在山坡上踩到一枚漂亮的石头,给拉迪尔看了看,他不屑一顾地转过脸。我哼了一声,又拿给父亲看。他拿起来对着阳光照了照说:"很漂亮啊,收好了。"我听后特别高兴,紧紧握在手里。

一路上,我总是不停地跟父亲说东说西,拉迪尔比我沉稳,他紧紧抿着嘴,不说话,只是尽力跟上父亲的步伐。

八月的阳光在红其拉甫变得慵懒起来,当翻过一座达坂之后,我就走不动了。父亲把我的书包接过去背在自己身上,鼓励我继续向前走。我又走出去一两公里,随着海拔的提升,氧气越来越稀薄,我觉着呼吸困难,嘴唇憋得发紫,胸口剧烈起伏着,实在走不动了,干脆一屁股坐在地上。拉迪尔的脸色也不好看,只有父亲习以为常。

他看了看我说:"如果停下来就不想再走了,还是起来继续走吧。"

我的身体却像是被大地粘住了一样,怎么也站不起来,我开始撒娇耍赖。父亲看着我,无可奈何地说:"那你回家吧,我带着拉迪尔去。"

虽然拉迪尔脸色也难看,但是却带着胜利的微笑,挑衅地看着我。我知道,他一直觉着自己才是我们家的第四代护边接班人。想到了这个,我心里有些愤愤不平,可是又实在不愿再走,只能说:"好吧,爸爸,我回家了。"

远远看去,我家的夏牧场已经快要看不见了,只留下模糊的一个轮廓。父亲担心我出意外,让我将种带上,然后他带着拉迪尔继续出发。

我拍拍屁股上的土站起来,喊了种一声,开始慢悠悠地向家的方向走去。下山明显要轻松很多,每向下一步,就意味着多一分氧气,随着海拔降低,我的脚步越来越轻松。

当我跑回家,妈妈看到我回来一点也不吃惊。听着我的叙述,妈妈低头抿着嘴笑,似乎一早就预料到会是这样的结果。

晚上,父亲和拉迪尔浑身是土地回来了,尤其拉迪尔,像是从土堆里扒出来的一样,灰头土脸。但是他眼睛里却神采飞扬,似乎自己做了一件了不起的事情。

其实,关于父亲巡逻的情况,他早已多次告诉过我,可只有亲身经历过才知道,听起来简简单单的走路,会是那样的辛苦。

我们每年的暑假,差不多都是在红其拉甫夏牧场度过的,这样至少每天可以短暂地见到父亲。有时父亲上山去执勤点的时候,也会特意带上妈妈去给护边员们做饭,他们带着蔬菜和食物出发,赶到执勤点,正好可以为大家做晚饭。

每一次母亲去执勤点对大家来说都如同节日一样,母亲不

第五章 ◎ 群山记忆

爱说话，却心灵手巧、勤快麻利，不仅饭菜做得好吃，她去了还会把执勤点里里外外打扫得干干净净，一尘不染。

每次大家吃完晚饭，就会聚在大会议室里，载歌载舞。大家围成一个圆圈跳起鹰舞，在鹰笛与手鼓节奏分明的伴奏下，上下拍打手臂，模仿雄鹰的动作，互相追逐。跳累了，可以喝着奶茶听父亲弹热瓦普唱歌。而最后必点的压轴节目总是《花儿为什么这样红》。

难得的歌声和笑声，让旷古寂静的帕米尔高原变得热闹非常。笑容点燃了高原的苦寒之夜，引得路过的星星纷纷驻足。明月高悬，无边星光，照亮了塔什库尔干，也照亮了我们简单快乐的生活。

那回不去的旧时光，那有着歌声与欢笑的日子，像是一场流动的盛宴，温柔了过往岁月。

但是大部分时光，红其拉甫都是寂寞且孤独的。

许多个日子里，当晨曦微露，父亲已经带上吃的和装备，牵着种踏上了巡边之路。他独自沿着山谷前行排查，沿途仔细观察有没有可疑人员通过山谷，还要观察有没有泥石流、山体滑坡等状况。

红其拉甫气候反复无常，尤其是在山里，上一刻还是阳光普照，也许下一刻就会雨雪交加。遇到这样糟糕的天气，父亲只能

·我的父亲拉齐尼·

官兵巡逻

第五章 ◎ 群山记忆

找一处地方来暂时躲避，等到雨雪停了以后再继续走。很多时候，还没有来得及走出山谷天就黑了。漆黑的山谷，像是一群蹲踞的怪兽，风吹打岩壁，会发出各种怪异的响声，像是怪兽在山间咆哮，很是吓人。父亲却凛然不觉地顶着月光，带着大狗种在山谷中摸索前行。

除了面对各种意外状况，这一路上最难以忍受的是寂寞与孤独。边境线附近人烟稀少，在山里走一天，也难得遇见一个人。后来上中学时，老师讲解陈子昂的一首诗："前不见古人，后不见来者。念天地之悠悠，独怆然而涕下。"我听了以后，眼泪顿时流了下来。父亲在独自巡边时，大约便是这种状态。

这是顺利的时候，还有不顺利的时候，磕碰冻伤都是经常发生的事情。

每次父亲出去执行巡逻任务，母亲都会提心吊胆等待消息，担心他会出什么意外。尤其有了手机之后，她常常为了等父亲报声平安，彻夜不眠。

当然，父亲也有糗事。

之前，护边员不仅要巡逻，还要协助看护一座物资库。那座物资库位于偏僻无人的中巴边境线附近，由两间条件异常简陋的房子组成，其中一间用来住人，另一间用来存放物资。父亲和另外四位护边员在那里轮流值班守护。他们五个人每个月只能轮换着回家休息一天。

　　有一年深冬,山上虽然没有下雪,但是却特别冷,天也阴沉的厉害,屋子里像冰窖一样。父亲生了火,坐在火堆边,依然觉着寒气逼人,连带心里都觉着冷飕飕的。

　　父亲已经连续值了很多天班,实在太想家了。他抬头看着窗外,外面除了山还是山,铅灰的天空下,除了山和雪,空荡荡的,连一只野兽都没有。他想这么冷的天,应该不会有什么事,于是和另外几个人商量了一下,留下一个人值班,自己带着其他三位护边员偷偷跑回了家。没想到刚进家门,就被我祖父"抓"住了。问清楚原因,祖父对着父亲当场就是一顿痛骂。

　　祖父气坏了,双眼喷火,怒视着父亲说:"你怎么敢把任务丢下就跑回来呢?你知不知道这样做是逃兵的行为?"

　　父亲自知理亏,垂下头不敢看祖父,但是又不甘心地小声辩解:"山上实在太冷太苦了,我想家嘛。"

　　祖父狠狠地瞪着他说:"即使想家,也不能做逃兵。我和你爷爷从来都尽职尽责,再难我们也没有丢下任务逃跑过,你这样做,脸不脸红?"

　　父亲不敢吭声,心中却觉着无限委屈,眼圈一红,像个孩子一样哭了起来。

　　那应该是父亲这一生中唯一的一次"开小差",从此以后,无论面对多大的困难,他都没有退缩过。

2009年,祖父为国巡边的先进事迹被编排成文艺节目在全国"双拥"联欢晚会上演出,同时祖父也被邀请赴北京参加联欢晚会,有机会受到国家最高领导人的亲切接见。父亲听到了这个好消息,像个孩子一样在物资库门前又蹦又跳。

那天,他还要继续看守物资库,没有办法离开,物资库又没有电视,所以他挑选了一个高一点的山坡爬了上去,站在山坡顶上,远远地眺望着他觉着应该是北京的方向,聚精会神地侧耳聆听。

岚风呼啸着从崇山间穿过,发出潮水般的轰鸣,将他的衣襟如帆般鼓荡起来。他笔直地站在那里,纹丝不动。良久,他的脸上露出一抹灿烂的笑容,向着四野的群山,发出一阵鹰唳般的高亢呼啸。山鸣谷应,群山间不断传来连绵不绝的回响,像是在与天地互答。不知父亲的呼啸声是否会随着山风扶摇而上,翻越千山万岭,飘到远在北京的祖父的耳畔,让他能在拂过耳畔的风声中,听闻我父亲遥远的欢呼与雀跃?

就是这样的父亲,有一位忠实的"铁粉",他是麦富吐力·坎加。他很小的时候,就喜欢跟着我父亲在山上疯跑。他对我父亲充满了敬佩。

有一天,我父亲对麦富吐力·坎加说:"麦富吐力,跟我一起去做护边员吧,虽然咱们是牧民,但也要尽力为守卫国家多做一些力所能及的事。"

父亲的话瞬间勾起了麦富吐力·坎加心里的火花,他跃跃欲试地问:"你觉着我能行吗?"

父亲郑重地点了点头说:"你肯定行的,没问题。"但是麦富吐力·坎加似乎并不太自信。

2011年冬天发生的一件事,彻底转变了他的想法。

那年冬天,眼看就要过春节了,却没完没了地下起了雪。大雪封山,造成严重雪灾,使得前往边防哨所的物资运输完全瘫痪了。当时边防哨所的蔬菜全部吃完了,食用油也即将用尽,战士们的补给眼看就要跟不上了,只能翘首盼望部队能尽快送上去。

去边防哨所需要走一段弯急坡陡的盘山路,落差达数百米,加上当时极端恶劣的天气,大雪把路遮挡得严严实实,车辆根本开不上去。

就在大家一筹莫展的时候,父亲牵着我们家的3头牦牛出现在了边防连。他自告奋勇,要求去给边防哨所的战士们运送补给和年货。

那天山里下着鹅毛大雪,刮着凄厉的白毛风,风大雪急,吹得人摇摇晃晃,站都站不稳。虽然那条路我父亲走过无数次,可是除了雪,根本分不清哪里是路,哪里是被雪虚掩的深沟断崖。

父亲牵着牦牛,全程把身子紧贴着靠近山体的一面,缓缓

第五章 ◎ 群山记忆

摸索着前行。他一只手抓着缰绳,一只手扶着牛背上的物资,防止被大风吹落。十几公里山路,父亲跌跌撞撞走了大半天,直到天黑快要吃晚饭的时候,他才像个雪人一样突然出现在了边防哨所。战士们看见他,几乎惊呆了,大家急忙跑上前去迎他。

麦富吐力·坎加听说这件事后,热血沸腾地找到我父亲,满怀激动地说:"我听你的,我也要做护边员,和你一样。"从此,麦富吐力·坎加也成为护边员中的一员。

护边员吐尔迪·卡比力跟我父亲一起巡边多年,每次提起我父亲都无限感慨,他总是说:"这些年,拉齐尼仅重伤就有十几次。这些对一般人来说难以承受的伤,他却总是轻描淡写。他永远不会因伤下'火线',简直就像铁人一般。"

有一年,父亲和吐尔迪·卡比力一同到吾甫浪沟巡逻,走到中途的时候,吐尔迪·卡比力产生严重高山反应,头痛难忍,他蹲在地上,双手抱着头,紧紧按着,觉着自己的脑袋似乎正在被许多把榔头用力敲,像是要炸裂般痛苦。父亲看到了,立即叫来随行军医为他诊治。

打针吃药后,吐尔迪·卡比力的情况有所好转,但是依然很痛苦。当天夜晚,他们一行人在铁干里克宿营,吃完药的吐尔迪·卡比力沉沉睡去,当他睡到半夜迷迷糊糊醒来时,发现父亲还没有睡,一直在守着他。

·我的父亲拉齐尼·

看到他醒来,父亲立刻关心地询问情况,又把晚上吃的药递到他手中,照顾他吃下去。吐尔迪·卡比力感动地问我父亲:"你一直在这守着吗?"

父亲点了点头说:"嗯,有些不放心你。"

看着我父亲发黑的眼圈,吐尔迪·卡比力催促他说:"你赶紧去休息吧,我已经好了。白天走了那么远的路,晚上你再熬夜不休息,身体会吃不消的。"

父亲还是不肯马上去睡,端来水让他喝下去,又仔细地查看了一下他的情况,确认没有大碍了,反复叮嘱后才去睡觉。

第二天启程后,由于两头牦牛跑散了,头一天卸下来的物资需要人力来背。父亲二话不说选了其中最重的一个包袱,背起来就大踏步出发了。

吐尔迪·卡比力一看,急忙上前抢着背,却被我父亲一把甩开了。

"他一把把我的手甩开,一口气走出去几百米。"吐尔迪·卡比力说,"只要走在巡边路上,他仿佛总有使不完的力气。"

2016年11月底,边防连接到上级命令,要在海拔5700米的山口完成一项搭建任务,而且必须在一个月内建完。天寒地冻,边防连又人手有限,全连虽然召开了紧急动员会,但还是对完成任务毫无把握。正在发愁的时候,父亲主动找到边防连,对连长和

第五章 ◎ 群山记忆

拉齐尼检查物资

我的父亲拉齐尼

指导员恳切地说:"听说部队在山口上有搭建任务,我已经和乡亲们商量好了,山口我们比你们更熟悉,让我们来完成任务吧。"

随后,父亲带着母亲和提孜那甫村的300名群众,浩浩荡荡到山上去作业。

在海拔5700米的山口上,碎石山坡已经覆盖了一层薄雪。山坡上没有路,又陡又滑,运输物资的车辆上不去,连驮物资的牦牛也上不去。那些自发组成的工作队伍,没有任何可供助力的工具,只能靠肩扛手抬,将物资全部背上了山。

帕米尔高原十一月正是滴水成冰的时节,已经上冻的土地,硬邦邦的,像石头一样坚硬。父亲他们顶着大风,用铁钎子一点点地凿冻土。许多人的手上都裂了口子,父亲的手最为严重,他老茧密布、犹如铁掌的手在磨破后又被严重冻伤,连蜷起来都很吃力。他悄悄地多套了一双手套遮挡着,每天带头在山上干活。

为了节约时间,他们都会带上吃的,干活儿干饿了,大家就挤在沟壑里,蹲着吃完简单的午饭,然后接着干。没有人叫苦,也没有人叫累。

就这样,父亲他们硬是用了不到一个月的时间就完成了工作任务。

帕米尔高原,是盛产奇迹的地方。之所以有那么多奇迹,是因为在这里,精神与信仰的力量,成为移山填海的巨大原力。就

第五章 ◎ 群山记忆

帕米尔高原

像父亲说的:"当你有信仰的时候,天底下没有干不成的事。"

而父亲的信仰是红色的,是中国红的颜色,是国旗与党旗的颜色,是鲜血的颜色,更是共产党员的颜色。

第六章 落雪有声

2015年隆冬时节,塔什库尔干接连下了好几场大雪,整个世界变成了一册洁白的书卷,翻过一页,下一页依旧洁白崭新。

大雪嗖嗖有声落了一夜,像是天空在忙着向大地投递信件。每一朵雪花都是来自天空的一个字,只是,层层叠叠那么多字,飘过千里万里,却无人认得出。

若有人认得,其中肯定有关于父亲的那部分。

·我的父亲拉齐尼·

一个下午,母亲刚挤完牛奶,正预备做奶茶。炉子上咕嘟咕嘟正在煮茶叶,琥珀色的茶汤翻滚着弥漫着氤氲热气,这时父亲突然冲进来,带着一身的雪花抱着母亲就开始转圈,吓得妈妈不断尖叫。

父亲放下母亲,一脸神秘对我们说:"爸爸要去北京开会,去见国家领导人了。"

母亲有些不信,摸了摸父亲的额头说:"孩子他爸,你这一回来就开始说胡话了吗?"

"是真的,千真万确。"父亲兴奋地说。

等奶茶煮好端上来,父亲一边喝,一边一五一十地告诉了妈妈。原来是祖父被选为这一年的"全国爱国拥军模范"代表,可是因为身体的原因,无法远行,决定由父亲代替祖父去北京参加全国军民座谈会。

那一夜,父亲激动地翻来覆去,这对于头一挨着枕头就睡着的他来说,实在是罕见。

我们都替父亲高兴,母亲还特意去县城为他买了一身崭新的衣服,整整齐齐叠放好,等待那一天的到来。

恰好是春节前,被雪刷得洁白崭新的塔什库尔干,已经有了节日的气氛。走在路上,连牦牛都比平日更加精气神十足。

2015年2月8日,父亲一大早换上新衣服,被全家人兴高采烈地送出了家门。他在上车前回头,向我们用力地挥了挥手。我能感觉到父亲激动的心情,我也无比骄傲。

2月11日,是令人毕生难忘的日子。那天在北京人民大会堂,父亲作为"全国爱国拥军模范"代表,参加全国军民座谈会。

那是父亲有生以来第一次踏进庄严肃穆的人民大会堂。他略有些紧张地站在与会代表中间,忐忑不安地等待着,直到见到向他走来的党和国家领导人,眼睛瞬间亮了起来。

当习近平总书记温暖的大手握住他粗粝的手掌的那一刻,他的胸中瞬间涌起一股热浪,眼眶也随之一热。

我的曾祖父、祖父与父亲,他们只是遥远偏僻的塔什库尔干塔吉克自治县的普通牧民,每天做着自己应该做的工作,再平凡不过,但是,党和国家并没有忘记他们,给予了他们莫大的荣誉与肯定。

那一天到处喜气洋洋,代表们也是第一次见面,互相点头致意打着招呼,彼此间充满诚挚与关切,父亲觉着自己浑身上下似乎被一种温暖的气流所包裹,心中充溢着满满的幸福与感动。

当活动结束后,父亲第一时间给我们打来了电话。在电话那头,他激动地讲述着这一天的所见所闻,将心中喜悦分享给我们。

母亲、弟弟和我也很兴奋。我们守着电视机,用手机拍下全过程,一再地回放着那段镜头,替父亲记住那一刻的时光。

·我的父亲拉齐尼·

挂了电话，父亲低头看着自己那双被习近平总书记握过的手，想着祖父对他说的话："我们只为部队做出了像一滴水那么大点儿的事，但是党和国家却给了我们像海一样大的荣誉，这个荣誉不仅是我们父子的，更是属于我们大家的。"

他觉着自己的掌心，似乎有滚烫的热流涌动。他迫切地希望将手心的那股热流传播出去，带给所有认识或者不认识的人。

他想起之前执勤点的伙伴们跟他开玩笑说："拉齐尼，你要握了习近平总书记的手，回来后可得给我们也握一下。"

父亲缓缓合上手指，将手握成一个拳头，脸上涌出灿烂笑容。

父亲回到塔什库尔干已经是17号下午，再有两天就是春节了。县城到处张灯结彩，跟他雀跃的心情无比契合。

回家见过我们后，父亲便迫不及待地想要回到红其拉甫，与执勤点和边防连的战友们，一起分享他见到与感受到的点点滴滴。

从未有过一刻，他如此急切地想要去表达，似乎胸中有千言万语已经无法按捺住，正在迫不及待地想要破壳而出。

在执勤点与边防连，父亲受到热烈欢迎。在跟战友们座谈的时候，父亲将习近平总书记的讲话和鼓励与大家做了分享，听者深受感动。

父亲盘算着下一步的工作。他要在洁白大地上重新落笔，以春风之笔，来书写新的章节。要做的事情太多了，他得打起精神，

第六章 ◎ 落雪有声

好好努力。

2018年,父亲当选为全国人大代表的消息传到执勤点,护边员们奔走相告,都很振奋。在他们看来,父亲的荣誉也是大家的荣誉。

每次父亲忙完工作,回来刚坐下,伙伴们便纷纷围拢过来,七嘴八舌地向他说着自己的意见和建议,父亲掏出本子和笔,耐心地听着,记录着。他的心情也很振奋,一直处于激动之中。他当选为全国人大代表,就要好好履行人大代表的职责,不仅要为塔什库尔干县的发展建言献策,为护边事业做更多贡献,还要真心实意帮助父老乡亲解决实际问题。

父亲投入到工作中的时间更多了,他就像振翅翱翔的雄鹰一样,怎样飞都不觉累,怎样飞都嫌不够。正如他所说的:"这辈子要一直做一名不穿军装的边防战士,永远守护好祖国的边境线。"

有一次同为人大代表的崔久秀问他:"如果发生战争,你会怎么做?"父亲立刻不假思索地回答:"给我一杆枪,我立马上战场!"崔久秀端详着我父亲,最后这样评价他:"退伍不褪色,就是他的写照。"

父亲经常说:"我们一家只做一件事,那就是为国戍边,义不容辞。"

有段时间,我很少见到父亲的身影。他不仅把执勤点的每个

·我的父亲拉齐尼·

全国人大代表拉齐尼·巴依卡

第六章 ◎ 落雪有声

人都赶出去巡边,自己也一声不吭地带上望远镜和手电筒等装备,带上大狗种和馕,独自进山,到一些不常去的地方熟悉地形。

大狗种最喜欢这样的时光,它在前面奔跑着,一路撒着欢,看到雪地上的脚印就会猛冲过去大吼两声,然后继续在前面兴高采烈地开路。

有时父亲顺着河谷迤逦而行,河岸形成坚硬的冰壳,冰壳下静水深流无声,河中央未曾冻结的部分,河水卷着浪花将落下的雪瞬间融化,然后无声潜行。父亲身上落了厚厚的雪,像是行走在山间的一个雪人,他追随着流水,偶尔在一处停下来,仔细观察片刻,然后再继续赶路。身后留下深深浅浅的脚印伴随着种梅花形的脚印,像是山水间撒落的种子。

有时他需要翻越一座山梁,得摸索着寻找落脚点向上攀。等终于爬到雪白的峰顶了,他像是落在山顶的雄鹰一样,俯瞰四周,又从包里掏出望远镜,仔细搜索观察着,很久也不移动一下。

当他终于确定一切如常,尤其是边境线没有任何异常的时候,他转身向另一道山坡走去,因为下山的惯性,他快速地向下移动,脚下扬起一阵雪雾。他举着手臂,用以维持身体的平衡,像是高高扬起的翅膀一样,一路拍打着向前滑行。身后的白雪如同升腾的云团,氤氲盘旋。

是的,那一刻他就是一只雄鹰,翱翔于九天之上,振翼于千仞之岗,不知疲倦地一直飞翔着。

在边境线上工作有多苦,边防战士最有发言权。在这里即使是老兵,做了防晒措施,若是长时间在户外曝晒,依然会被紫外线灼伤。在他们眼里,父亲简直就是铁打的。

父亲似乎已经习惯了这一切。他的皮肤在无数次的灼烧中已经变得坚硬如盔。那些雪山以及冰川如同反射的镜子,将刺眼的光线折射过来,却干扰不到他。他的眼睛依然锐利如雄鹰。他的手掌伸出来,粗粝如同砂纸,那是经年劳作留下的印记。这双手不再畏惧刺骨的寒冷,能够在冰水中去捕捞日月。

祖父曾经说:"这些边防官兵从五湖四海来到祖国的最西边为国守边,我能为他们当好向导,保护好他们的安危,我光荣。我老了,我将这使命传递给了我儿子,我相信我的儿子也一定可以胜任。"

而父亲所做的,远超祖父的期望。每次巡逻,他都是最不厌其烦的一个,所有的角角落落他都坚持要走到,仔细勘察每一处的情况,从不畏惧道阻且长。

若是走到边界线没有标志的地方,他就会停下来,认真核查,以确保每一寸土地都不会有误。有时有些越界者会在石头上留下自己的印记,而这样的石头绝不会出现在我父亲巡逻后的路上,他的眼睛会将所有可疑的痕迹分辨出来,再清理干净,他

第六章 ◎ 落雪有声

拉齐尼和战士

我的父亲拉齐尼

会让脚下走过的每一寸土地都洁净如初。

有人曾形容过我父亲擦拭有字迹石头的样子。他立在石头前,很认真地打量着上面的字迹,目光直直的,然后眉头猛然皱起来,用手掌使劲地擦拭那些字迹。若是没有擦掉,他会在口袋里翻出所有可以用来擦拭的东西,有时甚至是用刀子一点一点地刮掉,确保不留一点点痕迹。他做这些的时候非常用心,像是整个世界就只剩这么一件事了。他心无旁骛,目不斜视,专注得像是在雕刻这个世界上最为贵重的东西。直到完全清理干净,他再略微退后一些,左左右右上上下下仔细看了又看,确保这块石头像是洗过一样崭新。有时,即使这样他似乎还是觉着不行,会掏出随身携带的油漆,在上面工工整整写上"中国"两个字,然后待油漆干透,他会再描一遍,稍后才心满意足地点点头,像是跟这块石头攀谈一样,最后郑重地致敬离开。

在塔合曼草原举办的护边员誓师大会上,我父亲是那个拳头握得最紧,口号喊得最响亮的人。边境线在他的心中有特殊的含义:那是从我曾祖父开始就以生命守护的土地,而我祖父的一生也献给了护边事业。如今父亲接了过来,不仅是家族使命,更是国家使命。那里有我的曾祖父凯力迪别克·迪力达尔跟解放军一起修建的中华人民共和国成立后第一座边境界碑,那里也有我的祖父巴依卡·凯力迪别克用十字镐刻下的"中国"二字,那里

第六章 ◎ 落雪有声

分享荣誉

还有父亲的青春岁月与许下的生死报国的誓言。

还记得2017年父亲当选为首届"感动喀什十大人物",在那次的颁奖仪式上,祖父、父亲和拉迪尔共同站在领奖台上,三代人一起举起了那座奖杯。

那像是一场忠诚与使命的传承仪式,当三双手握在一起的时候,父亲一定能感觉到热血在激昂震荡。他从自己的父亲和自己的儿子那里同时获取了更大的责任感以及更坚定的信念。他觉着自己似乎成为了他的父亲,如同他的父亲当年一样拥有简单而朴素的愿望,希望自己的儿子能够好好学习,将来子承父业,成为一名比自己更为优秀的护边员。

在2017年我父亲当选为首届"感动喀什十大人物"的时候,属于他的那份颁奖词是这样写的:

"在茫茫高原上,你是一座移动的山峰;在千里边境线上,你是一座巡逻的界碑。雪崩、滑坡、泥石流是你意志的磨刀石;悬崖、冰河、暴风雪是你人生的生死场。一生守边,代代守边;一生光荣,代代光荣。祖国把高原太阳这枚勋章,永远佩戴在你的胸前。"

第七章 与万物生

我父亲年少的时候,为展示少年勇气,曾经追逐过野山羊。

野山羊是帕米尔高原上奔跑最快的生物之一,它们有着锐利的犄角,并优美、矫健、好斗。你可能无法想象羊怎么会好斗呢。但是野山羊就是如此。它们常常在无人的山坡上拉开架势,彼此犄角相向,眼睛血红,非要争个高低。

野山羊警惕性很高,攀爬悬崖如履平地。父亲第一次见识到野山羊时还是少年,他当时是村里最快的骑手。之前,他总是听说野山羊很快,所以一有机会,便迫不及待地想和野山羊一决胜负。

那天,父亲骑着马,在大狗阿尔库的陪伴下,在红其拉甫的山沟里四处转悠。一眨眼的工夫,一大一小两只野山羊闪入他的视野。

野山羊的大眼睛一扫到父亲和阿尔库,愣了一下,立刻毫不停留地向反方向逃去。勇猛彪悍的大狗率先冲了出去。它四蹄翻飞、紧追不舍,尾巴被风吹成一条直线,身后扬起一道黄色的烟尘。父亲骑着马从另一侧包抄。他们追赶着那两只野山羊,有好几次,眼看就要追上了,却被它们机警地甩掉了。

父亲和大狗阿尔库都不服气,一直追过了好几道山梁。两只野山羊终于被逼到了穷途末路,无处可逃。它们奔跑的速度明显慢了下来,目光里充满惊恐。就在大狗阿尔库冲过去的瞬间,却见大一些的那只野山羊猛地停了下来,转过身面对人与犬,大眼睛里闪烁着慌乱与恐惧,可转瞬间,它似乎又镇定了下来,先是高昂起头,怒视着对手,又后退了半步,俯低身子,低下头,将锋利的犄角朝向他们,铆足了决战的攻势。

父亲毫不迟疑,他打出一个呼哨,凶悍的阿尔库张牙舞爪猛扑了上去,那只野山羊扬着犄角奋力迎战,尘土飞扬间,一羊一犬扭打在一起。就在这个当口儿,父亲看到另一只野山羊撒开四

第七章 ◎ 与万物生

蹄独自跑远,消失在群山之间。

父亲忽然心中一动,跳下马,强行扯回了阿尔库。他瞅瞅阿尔库,又瞅瞅野山羊,它们都受了重伤。

阿尔库虽受伤,但一脸的不甘心。而野山羊的眼睛中则蒙着一层眼泪般的水雾,由下而上迎接着父亲的目光,眼神里没有惊恐,更没有乞怜。

他们彼此对视着。父亲本以为会因为追上这山间最快的生物而开心,然而此时,他反而为这只原本肌肉匀称、强健有力、毛皮光鲜、意志坚韧的野山羊而悲伤。父亲惊讶于这只野山羊甘愿赴死以换取另一只山羊的存活。以死换生,这是动物间舍己救人的行为。这只健壮的野山羊本来更有机会活下去,但是它却选择了留下战斗,争取时间,让小羊逃走。父亲为这只生灵所表现出的牺牲精神而震惊,不由重新打量起周围的生灵来。

他好奇那些平日里习以为常的生灵们,究竟有怎样的情感和灵性?

拿大狗阿尔库举例,这只黄毛大狗被父亲一手养大,是他童年最亲密的玩伴。在家里无人的时候,这只大狗就是他最亲近的朋友,陪他放牧牛羊,也陪他思念曾祖父。

他的牦牛也是如此。它们在山坡上游走,在暖季里寻觅青草,在冷季里啃食草根。它们看上去木讷而又笨拙,事实上却无

我的父亲拉齐尼

比聪明,能预知危险,记住路途,还会爬坡、游泳,对主人怀有与生俱来的忠诚。

它们像人一样,有各自的脾气和秉性,有的温驯腼腆,乖巧听话;有的暴跳如雷,性烈如火;有的伶俐乖张,特立独行。

还有旱獭,那些帕米尔高原上精灵般的存在,你永远不知道旱獭的快乐是多么地容易与突然。有食物的时候它们奔跑雀跃,没有食物时晒晒太阳也很怡然自乐。如果没有太阳晒,站在山坡上发发呆,顺便围观一下来来往往如棉花糖一样的白云在它们来说也很满足。

它们靠着强健有力的后腿,高昂着头,毫无目的与心机地自在远眺。哪怕只是路过一辆车、一个人、一只小动物,它们也会好奇地瞩目良久。

说到雄鹰,不得不提到祖父给我讲的一个古老传说,说雄鹰可以活到70岁,但是在生命中期,却需要自己作出重生或者自然死亡的抉择。

当雄鹰活到40岁时,它的身体开始虚弱,爪子逐渐老化无力,无法再抓稳猎物。它的喙也变得又长又弯,几乎碰到胸膛,它没办法再用喙撕开猎物的皮毛与血肉。它的羽毛越来越厚重,像是无法负担的沉重的铠甲。翅膀变得笨拙迟钝,再也无法轻盈地肆意飞翔。

第七章 ◎ 与万物生

一只旱獭

40岁,雄鹰已老,无法再继续捕猎,也无法再守护族人,像是老去的英雄无法杀敌,只能静悄悄地等待死神来临。此时,它还有另外一种选择,经过最艰难残酷的考验,获得新生。

它必须像浴火的凤凰一样,历经一百五十天漫长的磨炼,忍受难以承受的巨大痛楚,重新脱胎换骨,涅槃重生。

它必须努力飞到最高的冰峰峻岭之巅,在最陡峭的悬崖上筑巢,并停留在那里,经历风雨雷电的洗礼,忍受最暴烈的冰雪的淬炼与最滚烫的日光的灼烧,不能躲避,也不能退缩。

它要用它的长喙击打岩石,一遍又一遍,直到旧的喙裂开并完全脱落,新的喙慢慢长出来。整个过程不能吃任何食物,只能以风雪为食。然后,它要用新长出的喙,把旧的指甲一根一根地拔掉,每一根都需要连根拔除,拔每一根都会痛如剔骨断筋。

最后,当新的指甲长出来,它要用新长出的指甲将那些旧的羽毛全部拔下来。拔羽,如剔骨扒皮。每一根深埋在血肉中的羽毛被拔掉的时候,都会留下一个血肉模糊的窟窿,全部拔完,将会破碎不堪,身如血洗,体无完肤。

旧的伤口缓慢愈合,新的伤口再添加,如此反复,五个月以后,直到重生的羽毛长出来,慢慢覆盖伤痕累累的翅膀。此后整个身体重新焕发出新的力量,它也由此获得新生,可以重新振翅高飞,翱翔长空,抓捕猎物,履行守护族人的使命,在蓝天之上自由飞翔。

那些生活在帕米尔高原上的生灵们,它们的世界,跟我们的世界互相交错,又保持特性,各自有各自的美好。

那些秉性各异的生物们,它们与人类在帕米尔高原共生,有时相互为敌,有时亲密无间。它们的世界高寒严酷。它们的性情跟我们也有几分相似,有自己的喜怒哀乐与丰富情感。若是没有它们,人类的世界该多么寂寞孤单啊!

那只野山羊的伤口还在滴血,褐色的漂亮皮毛破损而狼狈。父亲蹲下去,伸出手想抚摸一下它,距离它的身体只有几厘米的时候,它却挣扎着躲了躲。父亲的手静静地在空气中停留了片刻,徒然放了下来。

父亲站了起来,招呼道:"阿尔库,我们走吧。"

阿尔库有些茫然地看了看我父亲,又看了看那只野山羊,汪汪低吠几声。

那天,父亲回到家后一本正经地向祖父宣布:"野山羊确实不同凡响!我要向它们学几招儿。"

在大山间,与大自然的生灵相遇是常见的事。

那是父亲已经做了护边员之后。有时他在山间独自巡逻时会带上大狗阿尔库。

他沿着山谷与溪流前行,荒野无人,风化的碎石松脆得像是掉渣的酥饼,生出褐色铁锈的大石头上附着斑驳苔藓,沿途有零散而奇异的植被,风凛冽而暴躁。他一路上并不只是遇到那些耐得住寂寞、自得其乐的小动物们,也会遇见狼、狗熊或者雪豹这样的猛兽。

狼虽然多,但是并不算太可怕。它们生性多疑,祖父曾经教过父亲,若是遇到独狼,千万不要显露出畏惧和怯懦,更不要跑。人不可能比狼跑得更快。狼通常都会等待你转身的当口儿,猛扑上去,精准地咬住你的脖子。你必须选择跟它正面对峙,保持无畏的勇气,决不能露怯,必须用眼睛一眨不眨地怒瞪着它的眼睛,这样的话,狼常常会怯懦逃跑。

父亲独自巡逻遇见狼的时候就是这么做的,每一次也都能顺利过关,只有一次例外。

2006年9月,父亲跟着巡逻队进入吾甫浪沟执行巡边任务。忙碌了一天,大家都很疲惫,在他们预备入睡的时候,突然发现牦牛开始躁动不安地挤作一团。

听到牦牛的嘶鸣声,父亲赶紧爬起来察看究竟。在雪山的映衬下,远远看到周围一片绿色荧光般的眼睛。

"狼来了!"父亲大吃一惊,赶紧喊起所有人来共同应对。

父亲曾多次遇见狼,但是如此大规模的狼群,他还是头次遇到。按理说,狼总是以家族为单位,不会越过地盘纠集在一起。通

第七章 ◎ 与万物生

常它们七只为一个族群,最大的狼群也不过三十来只。但是单看那一片荧光,至少有四五十只。它们分工精细,战术清晰,在巡逻队未曾察觉的时候,悄无声息地在必经之地的路口完成了包围。这十个人和三十头牦牛,在它们看来似乎已经是囊中之物了,只等发动进攻进行围捕。

父亲看清楚周围状况之后,才猛然发现,过去的经验,在这种情况下几乎完全用不上。

这里靠近边境线,又不能随便开枪。那么多狼,如果同时对巡逻队发动攻击,三四头狼对付一个人,撕也能把他们撕成碎片。

高原雪山中的狼跟其他地区的狼极为不同。它们在冰天雪地里四处游弋,追捕猎物,常常因为找不到食物,会连续饿上几天,成为名副其实穷凶极恶的饿狼。饿狼遇到猎物之后,极其贪婪,不吃光抹净誓不罢休。

今天狼群的状态,似乎极其兴奋,却不乏克制。它们如此有耐心,一定是闻到了人的气味,所以才好整以暇,排兵布阵,以增加胜算。

高原之夜寒意深沉,但是父亲还是觉着额头上冷汗淋漓。几顶帐篷露出的微弱光芒,在漆黑的夜色中说不出的孤单脆弱,所有人和牦牛都聚集在篝火四周,但是寒夜中的篝火看起来似乎微如烛火。

父亲把从小听到的对付狼的方法都想了一遍，自己也没把握是否会管用，只能挨个试试。战士们已经开始布置警戒。父亲带着牧工把牦牛跟人集中在一起，把巡逻队带的柴火尽可能多地抱过来，又点燃几堆篝火，让篝火先熊熊燃烧起来，然后让所有人背向篝火，围成一圈，用力拉动枪栓，并敲打所有能发出尖锐声音的东西，故布疑阵，来恐吓狼群。

各种古怪的巨响在寂静的夜空中此起彼伏地回荡着，远处什么也看不清，只能看到绿色的荧光中似乎起了一阵躁动。

狼群生性多疑，远远地望着，不明所以，迟迟不敢发动攻击。星空之下，一片绿森森扑朔迷离的荧光，和几堆篝火，几点微光，忽明忽暗，彼此对峙着。

狼群和巡逻队各自据守在自己的位置上，都不敢轻举妄动。就这样，一直僵持到黎明时分。

天际终于露出了一抹淡粉色。一缕霞光率先破开地平线，点亮了东方。随着霞光越烧越旺，整个天空像是燃烧起火焰般通红。当雪山也泛出金色光芒时，起伏的雪峰之间，一轮硕大的红日冉冉升起，将夜的大幕骤然拉开。那些隐匿于黑暗中的一切赫然显露在天光之下，夜色中的恐怖气息也随之消散而去。

狼群站在远处的山坡上，无遮无拦，清晰显露出它们深灰色

第七章 ◎ 与万物生

寂静的夜空

的轮廓。

随着太阳逐渐升高,狼群发出几声撕心裂肺的嚎叫,像是在宣泄憋屈的郁闷。这是鸣金收兵的号令,嚎叫声停息之后,围了巡逻队一整夜的狼群,在头狼的带领下,不甘不愿地开始缓慢后退。

狼群散尽之后,众人这才松了一口气。我父亲摊开四肢,仰跌向大地,发出一声如释重负的长叹。他在心中暗自庆幸:"这次多亏只是狼群,它们畏惧火光,而且谨慎多疑,不敢贸然发动攻击,如果遇到的是狗熊就惨了。狗熊可从来都不管不顾,遇到感兴趣的猎物就天不怕地不怕直接冲上去攻击。"

有过好几次,我父亲就在巡逻路上与狗熊不期而遇。

有一次,他独自去巡逻,在黄昏时分,刚刚转过一道山崖,就与一只大狗熊狭路相逢。狗熊力量惊人,是杂食动物,无论是浆果、昆虫还是肉类都是它们喜欢的美味。在冬季来临之前,狗熊总是四处觅食,竭尽所能填充肠胃,为即将到来的冬眠做准备。

阴暗的光线下,那只熊距离我父亲只有十来米。他站在那里,看着熊庞大的身躯缓慢地移动,紧张得心脏都快要跳出来了。虽然祖父说过,通常狗熊不会主动攻击人类,除非是觉着遇到了危险,遇到熊,只要保持镇定,放松身体,不要紧张,让它感受不到危险,觉着自己没有受到威胁,就不会有事。

第七章 ◎ 与万物生

但是谁知道它们会不会腹中空空,不再挑食,看到什么就想吃什么?

可是这种情况之下也没有其他办法。于是,父亲屏住呼吸,稳住心神,眼珠都不敢转动一下,静静地站着。

那只大狗熊走到父亲身边,似乎感受到什么,停顿了一下,又侧头看了看,父亲感受到它黑色眼珠中传来的悍戾气息。他强自镇定,按捺住想要惊呼的冲动,一动不动地等熊终于从自己身边走过去,才长出一口气,以为安全脱险了。谁知道,他刚预备向另一个方向跑,那只熊突然又转过了身子,正好看到父亲的举动,立刻怒火中烧,向父亲奔了过来。父亲吓得撒腿就跑。正好旁边有一个石台,父亲伸手抓住石头的边缘,用力爬了上去。这时,狗熊也追到了跟前,父亲将自己带着的手电筒拔了出来,冲着狗熊的眼睛一阵乱晃。狗熊眯着眼睛站在石台下,将身子搭在石壁上,想要爬上来,却无处使力。就这样,僵持了近两个小时后,狗熊长嚎一声,气哼哼地走了。

在帕米尔高原,关于牦牛的故事是最多的。牦牛是人类最忠实的伙伴,也是塔吉克牧民家最主要的财产。

关于"白英雄"的故事我们前面提过,很多人也都听说过它的故事,我在这里再讲一次。

"白英雄"是我父亲亲手养大的一头白牦牛,浑身雪白,像是披着白袍的牦牛王子。

自从见识过野山羊之后,父亲对于动物的认知起了很大变化。他总觉着某些生灵实在不可思议,具有令人感佩的灵性和智慧。这只白牦牛更是让他加深了这种认知。

父亲看着"白英雄"出生,又看着它跟跟跄跄地站稳,渐渐长大到能跟在主人身后,在草原上寻觅野草。父亲一直把"白英雄"当作自己最亲密的家人和伙伴,放牧的时候,常常独自带它去遥远而少人涉足的牧场,让它能享受到更好的美食与照料。

"白英雄"跟随着父亲,翻过一座又一座荒凉的山坡,到过一处又一处水草丰茂的牧场,其他牦牛通常看到牧草就会一哄而散,各自觅食,只有"白英雄"会始终守在主人身边,从不远离。

"白英雄"不仅样貌堂堂,高大健硕,而且性情温驯,对我父亲更是忠心耿耿。父亲对"白英雄"也怜爱有加。放牧时,"白英雄"在吃草,父亲就坐在旁边陪伴它,总像是有分享不完的趣事。

天青如盖,白云悠悠。广袤天际间,父亲仰躺着,一人一牛,时光安澜静好。

巡逻的时候,父亲总是会选择带上"白英雄"。有时怕"白英雄"累着,父亲就会陪它走一阵子,"白英雄"也会懂事地配合着我父亲的步伐,蹄声清脆。

2014年的秋天,父亲和"白英雄"再一次踏上了巡边的征途。

因为"白英雄"经验丰富，体格强壮，且认识路，父亲在它的身上多放了一些物资。

队伍在经过连续跋涉之后，再有不到一天的路程，就可以到达执勤点了。大家都有些兴奋，打起精神，加快了速度。

在经过最后一道冰河的时候，走到一半，"白英雄"突然站住不走了。牦牛都比较倔，可"白英雄"一直非常听父亲的话，这就很奇怪。

父亲在前面完全没有意识到"白英雄"的异常，见它不走，就用力扯了扯缰绳，催它快点跟上队伍。

它抬头看了父亲一眼，预备服从他的指令，于是弓着身子，梗着脖子，使劲用力，拼命想向前迈步，却一头栽倒在河里。

父亲吓坏了，丢下缰绳，赶紧跑过去查看，才发现"白英雄"的后腿被河底的大石头死死卡住了，沉甸甸的物资此刻压在它身上，让它一动也不能动。

父亲跟几名战士赶忙把"白英雄"背上的物资取下来，然后一起把"白英雄"抬到岸边，这才发现，跌倒的时候，"白英雄"的腰被压断了。受伤的"白英雄"无力地躺着，大眼睛充满歉意地看着我父亲，似乎在对他说："对不起啊，拉齐尼，我没能按照你的指令完成任务。"

父亲伤心欲绝，抱着"白英雄"，心疼自责得眼泪直流。"白英雄"仿佛明白主人的心情，用大脑袋不停地蹭着父亲，大眼睛温柔地安抚着他。

天眼看就要黑了，队伍还得继续出发，父亲没有办法再陪着"白英雄"了，于是只能和战友们一起给它拔了一堆草。随队的卫生员又给"白英雄"打了一针。父亲这才恋恋不舍地离开了"白英雄"，心里盼它能快点好起来。

巡逻队执行完任务，往回返的时候，发现"白英雄"还躺在原地，依然无法起身。

巡逻队必须按照计划如期返回，要不不光补给跟不上，拖延下去如遇大雪封山，就会面临生命危险。父亲心疼地抱着"白英雄"，想要把它抱起来，却怎么也抱不动。他明白不能耽误任务，更不能让战士们陷入危险之中。可是，"白英雄"在他心里，如同亲人一样。一想到他要把"白英雄"独自丢在这里，他的心就像被针扎一般疼痛，不由号啕大哭。战士们也都泪流满面，跟着痛哭起来。"白英雄"陪伴了大家那么久，早已经被当作亲密的战友。大家也同样舍不得它。

"白英雄"像是懂得主人的心事，用脑袋恋恋不舍地蹭了父亲好一会儿，然后用嘴将他往远处拱开一些，像是在对他说："快走吧，拉齐尼，快带着战友们回家吧，别再耽误了。"

父亲心如刀割，含着泪和战士们尽量多拔了一些草，放在

第七章 ◎ 与万物生

永别了，白英雄

"白英雄"面前。临走前,父亲最后一次抱紧"白英雄"的大脑袋,将脸颊贴了上去,抵着它宽阔的额头,含着泪对它说:"你一定要快快好起来,自己走回家,我在家里等你。"

队伍走出去很远了,"白英雄"一直保持着同样的姿势目送着巡逻队离开。父亲也含着泪不断地往回看。在"白英雄"的影子逐渐看不清的时候,他举起手使劲摇晃着,冲着远处的"白英雄"大喊:"白牦牛,记得早点回家,我等你。""白英雄"像是听懂了父亲的叮嘱,报以一声悲切的长鸣。

这次任务完成回家之后,父亲不断地跟祖父说起"白英雄",一直幻想着"白英雄"能自己好起来,突然出现在他的面前。每次父亲出去放牧的时候,总是会不自觉地向吾甫浪沟的方向张望一会儿,希望那里能突然出现"白英雄"熟悉的身影。但是,他的"白英雄"却始终没有出现。

第二年,当父亲带着巡逻队再次经过那里时,发现那里只剩下了"白英雄"的头骨和牛皮。父亲泪如泉涌,难过得说不出话来。他和战友们将"白英雄"的头骨摆正,采来一束野花,小心翼翼地摆在"白英雄"面前,泣不成声。

父亲的心中一直充满了自责和懊悔。他多希望他的"白英雄"依然神气活现地走在队伍前面;多希望自己能及时发现它的异常,帮它脱困;多希望它此刻就在他的面前,伸出舌头,舔着他

第七章 ◎ 与万物生

国界线上的敬礼

的手掌,用大脑袋蹭蹭他啊。可是,"白英雄"再也不会回来了。

  从此后,在吾甫浪沟,除了界碑以外,又多了一块专门为"白英雄"搭建的石头垒起的墓碑。牺牲的"白英雄"被巡边的官兵们称为"不会说话的战友"。每一次巡逻官兵经过那里,都会为"白英雄"举行一个简单而又隆重的祭奠仪式,为它献一把青草、掬一捧雪水、敬一个军礼,以表达对它的思念与敬意。

  时光悄然流逝,在山河岁月中,总会有一些无名墓碑,没有字迹,也没有纹饰,默默纪念那些平凡的英雄。

  那些用生命书写的墓志铭,不着一字,却依然掇菁撷华铭记了英雄的故事与传奇,照亮着历史的星空。

  父亲曾说,人有忠义,动物也有。舍生取义,不独我们人类,万物皆有。当我们平等对待那些生灵的时候,会发现,它们远比我们想象的更可爱,更美好。

第八章 提孜那甫

若你未见过帕米尔高原的日落,那你一定错过了人间最美的风景。

太阳总是从喀喇昆仑山后缓慢升起,再踏着棉花糖般的云朵,一点点挪动,挪到萨雷阔勒岭,会略微停顿片刻,再慢悠悠继续向前。当太阳转到兴都库什山顶时,似乎已经不想再多走一步。

硕大的红日就斜靠在兴都库什山顶上,肆意而热烈地将山顶烧得通红,像老君炼丹的熔炉般。当橘红色的落日熔金顺着金字塔形的山顶流溢而下,金光四溅,磅礴而汹涌地一路燃烧到山脚。半边的天空烧得通红。在那通红的中心,太阳开始淡定地一点点后退,逐渐退入羽毛般的流霞之后,留下依然在燃烧在沸腾的半边天宇。

天空总是在红彤彤的霞光黯淡之后才闪耀漫天星斗。

就在我家屋后的小院里,我曾无数次目睹落日的决绝与壮阔,多么像生命的存在与逝去!只是,落日周而复始,生命却不能够。生命的延续,被附着在后代的血脉与留存的精神上。血脉不断,生命永续。精神不死,生命永存。

父亲离开后,他留在提孜那甫村村委会的办公桌依然保留着原样,桌面上纤尘不染,几乎能照出人影来。笔还在笔筒中,文件在文件夹中,那些没看完的书、没记完的笔记,永远停留在父亲离开的那日,整齐地摆放在桌面上。在他办公桌一旁的文件柜中,整齐码放着他一手整理出来的护边员资料。

提孜那甫村的党支部副书记扎热非巴依·巴拉提叔叔每天都会把父亲的桌子擦干净。他总觉着,也许哪天父亲会突然推开门走进来,用他惯常的语气跟大家愉快地打声招呼,然后继续坐在自己的座位上,忙忙碌碌地工作。

在村委会的宣传栏里,贴着一封封村民们写给父亲的感谢信。这些没有明确收件人的信敞开着,坦白真切,没有一丝丝隐

第八章 ◎ 提孜那甫

晦与保留。书写者的满腔真情就那样毫无遮挡地倾注在雪白的信纸上，呈向浮云白日。那些信笺由提孜那甫村的村民心里飞出，像一片片光束，飞向每一个见证者的内心，父亲因此永远活在人们共同的记忆里。

村委会的玛依努尔·那孜木阿姨跟我父亲是同事，他们曾在同一小组工作。阿姨在信里写道："六月的时候，我们一起入户走访，拉齐尼每进一户人家，都会细心登记，有什么困难，能帮的立刻帮。"

闭上眼睛，我几乎能想见父亲和玛依努尔·那孜木阿姨一起工作的情形。他们共同包户的24户贫困户，分散在提孜那甫村的各个角落。父亲顶着中午的阳光，嘴唇焦渴，额头上冒出细密的汗水，步子急促而有力。每进一户人家，他都问得非常仔细：今年的收入有哪些？是否有困难？孩子上学怎样？父亲定会边问边仔细地记录。

玛依努尔·那孜木阿姨在信尾写道："有拉齐尼在的地方就有快乐，他是我们的骄傲。这个世界因爱而美丽，他永远活在我们心中。"

还有付超叔叔的信。2017年，付超叔叔帮助父亲申报"感动喀什十大人物"，同年又带他到乌鲁木齐参加自治区道德模范授奖仪式，从此结下了深厚的兄弟情谊。付超叔叔在信里写道："我

·我的父亲拉齐尼·

带你去我家做客,你带我去你家骑马,你家的荣誉墙震撼了我……如今我来到你曾经工作生活的提孜那甫村,我要继续向你学习,将你的精神发扬光大。"

贴得密密麻麻的宣传栏中,每一封信,都代表了提孜那甫村民的崇敬和思念,更代表了父亲留下的那束精神之光,始终明亮如新,永不熄灭。

我想,父亲无私助人最好的答案应该就是:"永远地活在大家心中。"

提孜那甫村是父亲生活过的小村庄,这儿有我们的家园和田地。父亲的小学是在这儿上的,人生有一半光阴也是在这儿度过的,我们的记忆有一半跟这儿有关。

在兴都库什山和喀喇昆仑山的巨臂环绕下,提孜那甫村皱皱巴巴地占据了一小片冲积平原,像是一团揉皱的老羊皮,摊开在两山之间。若非辛滚河和塔什库尔干河跳动的绿波,大约提孜那甫村就只剩陈旧的土黄色了。可是就是这样一块在地图上看起来狭小又陈旧的地方,世世代代养育着我们。

父亲深爱着这片地和这方人,在他心中,这里是仅次于红其拉甫的存在。

四月秀葽,五月鸣蜩。

每年四月入春,就要开始春灌,这关乎全村3800亩地的收成

第八章 ◎ 提孜那甫

提孜那甫村

问题,谁家的地没浇上水都不行。村民每年为了争抢水源,从年初就吵得不可开交。这是大人们最发愁的事情。父亲当了村干部后,刚好由他负责协调村民春灌。他也很发愁,他熬了好几个通宵,安排好了春灌次序。次序出来了,还是有人不合意。父亲又多方听取意见,不断调整来调整去,最后才确定了一年的春灌次序表。为此,父亲又添了几根白发。

还好,最终的排序大家都挺满意,纷纷夸父亲安排得当,母亲却气鼓鼓的,紧抿着嘴不搭理父亲。不用猜就知道,肯定是我们家又被排在了最后。

排序满意了,还得顺利浇完才算完成任务。村干部与护边员专门组成了春灌小组,二十四小时不眠不休,帮助村民放水。

春灌刚开始,就有栏杆村两个村民来找父亲。他们两个也是护边员,前阵子执勤不在家,耽误了家里浇水。这次他们回家休整,过几天又要去巡边,家里的事没有办法,只好硬着头皮来找父亲。

说完事情,三个人都不说话了,闷着头坐在那里喝水。眼看好几杯水下肚,肚子实在胀得不行,父亲把杯子往桌子上一蹾,猛地站起来说:"回去准备一下。我来协调大家,争取挤出一个小时给你们放水浇地。"

说完,父亲就大踏步地走了出去,径直去找正预备要浇水的

第八章 ◎ 提孜那甫

村民。父亲知道大家都心急火燎的时候,晓之以理、动之以情的方法大概说破天也行不通,于是硬着头皮找了个理由,把村民支走了。支走村民后,父亲抹了一把头上的虚汗,立刻给那两位栏杆村的村民放水,浇灌了他们的田地。

这件事刚解决不久,新的事又来了。春灌接近尾声才发现,村里三户人家没有劳动力,落下了十五亩地没人浇水,也没人耕作播种。

地怎么能撂荒呢?父亲一听就急了。他带了坎土曼,蹬上雨靴就去了田里。四月的帕米尔高原,冰雪还未完全解冻,夜晚温度更是在零下十几度。提孜那甫河水寒冷刺骨。亮晶晶的河水顺着水渠漫灌到田里,一路左冲右突,浸润流淌,父亲一个人跑前跑后地忙活。发现跑水,他不得不直接跳进水里去堵。两天不到,父亲的脚上就长出了冻疮,落地会钻心地疼。母亲看到了父亲冻伤的脚,心疼得直掉眼泪。可是,父亲认准的事情,谁也拦不住。妈妈无可奈何,只能特意为父亲多套了两双袜子。我们家的地再加上那几户人家的地,总共有二十多亩,父亲一个人浇水播种,苦撑着干完了所有的活儿。

父亲总是要么忙工作,要么帮别人干活,家里的农活反而全落在了母亲头上。我跟母亲一起采雪菊的时候,边采边感叹:其实有个做人大代表的父亲,真的不容易,因为他眼里和心里总是把其他人放在最重要的位置,自己的家人反而总排在最后。可是感叹归感叹,我依然为有这样的父亲而骄傲,他的心是金子做的,充满了赤诚而无私的光芒。

那天晚上,家里人忙了一天,刚躺下不久,电话突然响了,迷迷糊糊中,父亲抓起电话只说了两句,立刻一骨碌爬了起来。

他焦急地对电话那头说:"纳西尔江,你别急,先看好老人,我马上就过来。"然后跳下炕,匆匆忙忙开始穿衣服。被吵醒的母亲披衣坐了起来,有些生气地对父亲说:"这忙了一天没休息,刚躺下来又要出去?"

父亲一边穿鞋子,一边头也不抬地对母亲解释:"纳西尔江的妈妈病倒了,急需送医院。没事,你赶紧睡,我送完就回来。"母亲听了这话更担心了,皱着眉说:"纳西尔江和他妈妈住在牧场的毡房里,路上有很长一段羊肠小路。你这么疲惫,很容易出事,能不能别去了?"

母亲话还没说完,父亲已经哼哼哈哈大步跨出了家门。母亲知道说也无用,她早已经习惯了父亲的行事风格,只能冲着父亲的背影,大声地叮嘱:"天黑,你路上开慢点,多加小心。"

远远地,传来父亲的回应声和马达轰鸣声,不一会儿,声音消失,夜色重回安静,四周万籁俱寂,只有风吹动树梢的沙沙声。

妈妈的担忧不无道理,父亲这几天都没好好休息过,今天本

第八章 ◎ 提孜那甫

羊肠小路

来就回来得晚,刚躺下就被喊起来,再加上已经半夜,沿途若是出事了怎么办?望着外面深沉如墨的夜色,母亲再也睡不着了。干脆穿上衣服,倚靠着墙,焦心地等待着。

此时的父亲正把他的那辆小三轮尽量开到最快。小路凹凸不平,小三轮不时颠簸得向上弹起,甚至有时将骑手抛了起来。父亲不得不聚精会神,紧紧握着车把手,不一会儿,他就觉着手掌越来越肿胀酸痛。

黑夜像浓稠的油漆一样,从四面八方泼过来。小三轮的车灯在深沉的夜色中微弱如烛火,只能照见前面几米远的距离,在一个急转弯处,父亲什么也看不清,只是电光火石间突然心念一动,本能地将车把手拼了命向右猛转,车胎给碎石磨得吱吱乱响。好险呀!他忙刹车定神一看,车要是再往外多出去半米远,他就栽进深沟了。

就这样一路颠簸摸索着向前开,总算开到了纳西尔江的毡房前。此时,纳西尔江的妈妈疼得在炕上左右翻转,已经是难以支持了。父亲顾不得多问,赶紧让纳西尔江扶着他妈妈上了三轮车。父亲加大油门,用最短的时间将老人送到了医院。

年复一年,这样的事情太多了,以至于母亲偶尔会调侃父亲说:"从来都不会拒绝,无论谁开口,总是说'好''好的''马上'。"

2019年秋天,父亲在北京参加两会期间,参观了一家遗体捐献中心。当他看到那么多人在过世后通过身体器官移植,能令他人重获新生,继续造福社会时,非常感动。他将工作人员拉到一旁,详细了解了相关情况,当即表示,自己身故之后也要把器官捐献出来,并在遗体捐献书上郑重地签了字。

当父亲回来后把自己的决定告诉祖父和母亲时,他们暴跳如雷。在塔吉克族传统中,人死后躯体要保持干净整洁,用隆重的仪式下葬。父亲所做的一切远远超出了他们的认知范围。

祖父愤怒地质问他:"儿子,你疯了吗?你怎么会这样想?你爸爸我还活着,你还有老婆和孩子,他们会怎么想呢?这件事我坚决不同意。"

面对祖父的不解和怒气,父亲耐心解释说:"爸爸,人死后要被埋进黄土里,被虫子咬,被时间侵蚀,最后变成尘埃,什么都不会留下。我的器官如果捐献出去,至少能救好几个人,他们都会代替我继续活下去。"

生气的祖父根本不听父亲的解释,这时母亲也帮着祖父数落父亲。父亲落了单,只能嘟囔着说:"反正我已经签字了。我死后,器官必须捐给需要的人。"

父亲出事后,祖父念及他捐献遗体的事情,非常担心儿子的遗体会被运去捐献,让他见不到最后一面。祖父在家中坐卧不安。他急切地抓起电话,忐忑不安地给木沙江叔叔打电话询问父

·我的父亲拉齐尼·

只为祖国山河无恙

第八章 ◎ 提孜那甫

亲的遗体处理情况。

电话那头的木沙江叔叔说:"巴依卡大叔您放心。虽然拉齐尼签了捐献书,按照他的心意是要捐献遗体,但是因为身体在冰水中停留时间过长,器官已无法使用,所以无法捐献。"

祖父这才放下心来。

随后祖父又接到遗体捐献中心专门打来的感谢电话,向祖父详细解释了遗体捐献的一些要求,并表示,父亲的遗体虽然无法捐献,但是并不妨碍他对器官捐献所做出的贡献,因此遗体捐献中心对我父亲的行为致以诚挚的感谢。

祖父挂掉电话后,失神地站了一会儿,然后一个人默默地走到角落坐了下去。他低着头,悄然沉思。隔了很久,祖父抬起头,眼里噙着泪,对着空气喃喃地说:"儿子,你比爸爸要高尚。"然后擦了一把眼泪,蹒跚着站了起来,继续去外面招呼客人。

这就是我父亲,生在帕米尔,魂归帕米尔。自泥土中来,又回到泥土中去。他短暂的一生被续写进帕米尔的骨骼血脉之间,化为山河的一部分,也化作提孜那甫村人思念的一部分。

第九章 ◎ 昆仑山下

第九章 昆仑山下

若是将悲伤藏起来,就不会有人察觉,我仍是那个跟在父亲身后没心没肺、阳光开朗的小孩。但是只有我知道,我的生命出现了一道裂缝,再也无法修补如初。

我在这条裂缝中沉浮,有时沉溺在完全黑暗的时光隧道中,来回梭巡,借助回忆去靠近光影。那些光在记忆深处撞向我,在空旷处炸裂。

暑假中的一天,我跟拉迪尔说:"我要去爸爸墓地看看,你要一起去吗?"

他想了想说："好吧。"

我们两个没有告诉母亲，悄悄出发向墓地的方向走去。

那条去往兴都库什山脚下的小路，已经走了无数次。我们沿着后门的小路斜插上去，一路踢着脚下的石头。那些石头没有感觉，不会疼痛，被我们不断踢着，咣当咣当地一路向前滚动。

我问拉迪尔："今天下午还要跟阿孜孜夏舅舅一起去骑马吗？"

拉迪尔闷闷地"嗯"了一声。

之前父亲常会带拉迪尔骑马。父亲不在了，这项工作由阿孜孜夏舅舅接替了下来。在帕米尔高原上，骑术不好可是很丢人的事情。

拉迪尔无论是样貌、体型还是性格跟父亲都很像，一样瘦削，身量不高，像沉默隐忍的小石头，但是都很聪明。最近他已经练习得有模有样了。父亲不在了，他无比难过，却丝毫没有懈怠，反而更努力地学习骑马、放牧、认路。他一直在默默地为成为一名护边员做着准备。这是父亲一直期望的。

往常这个时候，我们正在红其拉甫夏牧场骑马、放牧、嬉戏呢，可现在看来，那样的日子，似乎近在眼前，却又遥不可及。

昨天晚上我跟拉迪尔一起偷偷看手机里父亲的视频，被母亲发现了，母亲生气地没收了手机。母亲不允许我们找父亲的视

第九章 ◎ 昆仑山下

频看,她担心我们受到影响,会一直活在悲伤与思念之中。

可是,思念和悲伤跟看不看视频完全没有关系。只要踏上塔什库尔干,一直压抑的情绪,就全都活了过来。走进提孜那甫村,走进家门,走进屋子,村子是父亲工作过的村子,院子是父亲打理出来的院子,屋子是父亲住过的屋子,树是父亲种下的树,牛羊是父亲喂养的牛羊,还有曾经的大狗阿尔库,是父亲一点点喂养大的狗。只要闭上眼睛,似乎就可看见还是少年的父亲与阿尔库的身影尚在……这里的一草一木,哪些跟父亲没有关系呢?

家族墓地看起来似乎近在眼前,其实要走半个小时左右。小路尽头要横穿过Y965公路,然后从公路边两米多高的石头堤坝跳下去,再穿过一片广阔的戈壁滩就到了。

当我们穿过Y965公路,站在堤坝上的时候,兴都库什山已经近在眼前。

从上面往下跳的时候我迟疑了一下,想了想,又继续往前走了一段路,找了一处不太陡的地方坐着滑了下去。拉迪尔不管这些,他直接"噗通"一声就跳下去了。还好人小体轻没伤着,于是站起来拍拍屁股上的土,若无其事继续向前走。

下去后是一片干涸的河床,四五米宽,到处都是大大小小的卵石。这里之前一定是一条古老的大河,除了河道之外,那大片戈壁滩也嵯峨不平、巨石密布,像是被谁的大手摆放过,一直延展到兴都库什山下。

我和拉迪尔低着头默默走着,都不再说话。等来到家族墓地,我们清理了墓台上的灰尘,然后盯着父亲的照片,各自跟父亲说了一些心事。说完以后,就来到旁边,坐在一处土台上发呆。

远远看去,对面的大山,像是蒙着一丝淡淡的蓝雾,那些雾不断变幻,交替出现了一幅幅奇异的画面。不远处,坐落在塔合曼草原边上的赛马场只剩下模糊的一团。

就在那里,父亲曾经出足了风头。我现在还记得父亲带着冰箱回家时的兴奋表情。母亲以为冰箱是父亲花钱买的,嘟囔着说:"你怎么又乱花钱买东西了?"

父亲大笑起来,说:"不是买的,是比赛赢来的。"

母亲却不相信,说:"什么比赛能赢冰箱?"

父亲说:"马术比赛啊,就是骑的阿孜孜夏那匹白鼻梁的枣红马。"

这下母亲才完全信了。

说起阿孜孜夏舅舅那匹枣红马,实在太厉害了,它个头没有舅舅家那匹大黑马高大壮硕,但是一旦跑起来却像闪电一样。我们给它取的名字就叫"闪电"。

父亲已经骑着"闪电"得过三次奖牌了。"闪电"也最喜欢父亲,跟父亲配合默契,无论是马术比赛还是叼羊比赛,总能战胜

第九章 ◎ 昆仑山下

拉齐尼和他的枣红马

看起来比它强大的对手。

有一次参加叼羊比赛,"闪电"被挤到了外围,但是它还是眨巴着圆溜溜的大眼睛,想尽法子一个劲儿地往前钻,终于带着父亲到了羊跟前。父亲像是突然从马上跌下来一样,一个快速俯身,捞起了羊羔,将它横在"闪电"的后背上,然后一声吆喝,"闪电"就像一道真正的闪电一样从人群中冲了出去。

拉迪尔六七岁的时候,就能骑着白鼻梁大眼睛的"闪电"悠然自得地在塔合曼草原上放牦牛了。但是令人气愤的是,他每次放牦牛都只照管他自己的五头牦牛,完全不管我的那三头牦牛。

说起来,我这三头牦牛是好不容易才得来的。

对于塔吉克族来说,牦牛有着特殊的意义。它不仅仅是家庭最值钱的财产,更是至为亲密无间的工作伙伴。通常牦牛会作为父亲的主要财产留给儿子。女孩子通常得到的是出嫁时候母亲祖传的银首饰。

在塔什库尔干,祖祖辈辈一直都是这样做的,大家早都习以为常。

在我和拉迪尔很小的时候,父亲就给拉迪尔分了五头牦牛,但是他坚持给我也分三头牦牛。不要觉着这三头牦牛少,它代表着对传统的打破。父亲几乎是用这样一种方式在昭告天下:无论女孩子还是男孩子都是平等的。

第九章 ◎ 昆仑山下

　　这事被村子里好事的人拿来作为谈资，在背后指指点点说我父亲瞎胡闹，难道能指望女孩子骑着牦牛去放牧护边？但是我父亲不以为然。既然有女兵，又怎么不能有女护边员？

　　虽然父亲给我分牦牛的初衷未必是想让我做护边员或者女兵，但是他肯定期望我能跟男孩子一样有出息。

　　父亲毫不理会这些风言风语，他给了我牦牛，一并给了我他心底的期望。

　　我的牦牛和拉迪尔的牦牛被圈在同一个牛圈里，但是，每次放牛的时候，拉迪尔只带着他自己的五头牦牛，对我的牦牛完全视而不见，可把我气坏了。

　　我愤愤不平地向父亲投诉，为此，父亲跟我长谈过一次。他努力想让我明白，只有自己一手养大的牦牛，才会彼此信任，情同手足。

　　但是我还是不以为然，心想，那有什么呢？只是喂喂牛罢了。拉迪尔能做到的，我一样会做到。后来事实证明拉迪尔能做到的我依然力有不逮，譬如跟父亲一起去巡逻，就实在是我力所不能及的。

　　祖父说，我因为早产，生下来像一只孱弱的小猫。当时，医生就向我的家人宣布，这孩子身体太弱，也许无法存活。但是祖父不信，他给我取名"都尔汗·拉齐尼"，是珍贵的红花的意思，并用羊奶小心翼翼地喂养我,将我整日抱在怀里。每当我开始哭闹的时候,祖父就把我放在他的吐马克帽子里,摇一摇我就乖了。祖父说,我那么瘦小,装在吐马克帽子里刚合适,而且我似乎也很喜欢待在那里,一放进去就不再哭闹。

祖父和父亲后来专门选了一头奶牛来哺育我,我是喝着牛奶和奶茶长大的。即使是现在,我若是每天不喝牛奶和奶茶就浑身难受。

在祖父和父亲的悉心照料下,我终于健康地活了下来。

因为父亲工作太忙,我们没有留下什么合照。唯一的全家福,还是年初我们和祖父一起去参加活动,一位有心人帮我们用电脑制作了一张全家人站在天安门前的照片。

这成为我最大的遗憾。可是那天,小叔叔拉飞突然跑过来告诉我,他找到一张我和父亲的合影。说完,他将藏在背后的手摊开在我面前。

我简直不敢相信,那是我跟父亲唯一的一张合影。父亲朝着阳光举起我,将我向天空抛去,而我正笑着往下降落,并张开双手准备扑向他,他也伸开双手,预备迎接我。他背后遗落的影子,像极了雄鹰正在举起一双翅膀。

而父亲在湖水中救人的姿势,也跟这个姿势简直一模一样。

我不敢相信照片中的小孩是我,跑去跟母亲求证,跟祖父求

第九章 ◎ 昆仑山下

唯一和父亲的合影

证，他们都给了我肯定的答复。

那时我四岁，我完全不记得有过那么一个时刻，我和父亲在风中一起张开手臂，一起笑得那般开心。

就在昨天，当牧草开始收割的时候，我那头最淘气的小牛从牛圈里跑了出去，我跟在后面拼命追，一直追到气喘吁吁，才在一片土豆田里抓到它。

它依然不肯回家，憋着劲跟我较量了片刻，我把它的牛头抱住强迫它转过身，它又转回去，但是最后还是被我制服了。

这头小牛肯定是个笨家伙，要不怎么会不往河边的草场跑呢？那里可是有正在收割的丰美的牧草，开花的紫苜蓿。牧草怎么都要比干巴巴的土豆叶子好吃一些吧？

我牵着那头不听话的牦牛慢慢往家走，边走边教训它，它却满不在乎，丝毫没有自省之心，反倒不时地停下来，悠然自得地啃一啃路边的野草。我觉着不像是我牵着它在往家走，倒像是它在牵着我回家。

但是也不能全怪它，家里的牦牛大部分都在红其拉甫夏牧场由夏克尔叔叔代管。夏克尔叔叔可比我会放牧，那些牦牛被他赶到山坳里，啃食残雪，嚼着瘦硬的牧草，依然比我养的要健硕很多。

牦牛似乎要放在红其拉甫夏牧场才像是真正的牦牛，大约

第九章 ◎ 昆仑山下

就是因为这一点，我和拉迪尔的牦牛无论如何都比不上红其拉甫的牦牛强壮。

每当放假，我都迫不及待想跑回红其拉甫夏牧场。唯有回到那里，吹到帕米尔高原的长风，我才会自由自在的像是一只鸟儿。

拉迪尔坐在我旁边，不知道在想些什么。他的性格其实有一部分很像母亲，寡言、羞涩。但是行动力却又像父亲，好动、勇敢、坚韧。

我问拉迪尔："你想红其拉甫夏牧场吗？"

他重重地点点头，老老实实地回答道："想。"

"那我们说服妈妈回红其拉甫看看？"我向他提议。

他眼睛里有光亮闪出，但也只是点点头就不吭声了。

母亲要比我们更想念父亲，只是她太内向、害羞了。相反，父亲开朗外向，特别喜欢笑，平时只有父亲在家才会有欢声笑语。有时我和拉迪尔吵架找父亲告状，他每次都不说谁对谁错，总是笑着笑着我们就和解了。

"拉迪尔，我们回家吧。"我说。

我们站起来，拍拍屁股上的土，又转回头看了一眼父亲的墓地，开始往回走。

那天晚上，我跟拉迪尔吃完晚饭之后，迟迟不肯上床睡觉。

我们坐在母亲旁边,陪她说话,小心翼翼地寻找机会。

当说起牦牛的时候,我赶紧插话说:"妈妈,我们要不要回红其拉甫夏牧场看下牦牛呢?夏克尔叔叔一直帮我们放牛,也不知道怎样了?"

母亲抬头看我一眼,眼神里闪过一丝悲伤,但是随即隐去,她想了想说:"好吧,回一趟夏牧场,顺便看下你爸爸执勤点的叔叔们。"

第二天,母亲一大早就去县城买了一大堆吃的喝的。我们喊来阿孜孜夏舅舅帮忙,将那些食物全部搬进他的汽车里,可是当我们临出发的时候,才知道因为交通管制,红其拉甫那边不能去了。

母亲似乎比我们还要失望,她一声不吭地把那些东西一样一样从阿孜孜夏舅舅的车上搬下来,然后悄无声息地回到屋里,呆坐在那里不知在想些什么。

我和拉迪尔也闷闷不乐地回到房间。我趴在书桌上,将头埋进手臂间,因为失望而无声抽泣起来。

哭了很久,我有些累了,趴在桌上昏昏欲睡,恍惚间,我看到一排排牦牛正在月光下行走,年少的父亲骑在其中一头牦牛的背上,大狗阿尔库在他的脚下飞奔。风声悠扬婉转如音乐,月光瀑布般温柔垂落下来,牦牛吧嗒吧嗒向前走,每一举步,都像踏

第九章 ◎ 昆仑山下

冰 河

碎了水晶似的，月光四散飞溅开去，不大一会儿就打湿了夜色。

渐渐地，父亲的身影慢慢变大，已经是一个英气逼人的小伙子了。他紧握缰绳，嘴角紧紧地抿着，这让他整个人看起来方正又倔强。

渐渐地，父亲的身影又变大了一些。他眉间已有了细碎皱纹，已然是一个两鬓开始斑白的中年人，神情专注，目光锐利炯炯有神……

就这样，我目睹着父亲渐行渐近，一点点变大，又渐行渐远，一点点消失。

当父亲的生命停顿在41岁的时候，我每长大一岁，就跟父亲的距离缩短一分。也许将来有一天，我也站在41岁的年轮上，用一个中年人的眼光来打量我的父亲，是否就会更多一些了解与释然，更能洞彻他的一生呢？

如何才是真正地爱一个人？

是无时无刻放不下的思念，还是将他埋进心里，努力活成他期待的样子？

我在抽泣中醒来，满室寂然。没有牦牛，也没有父亲，只有月光从窗外涌进来，流水般起伏波动。

父亲，我要如何承袭一切，来喂养心中的雄鹰，让它也能如你一般矫健茁壮，振翅高飞？

第十章 ◎ 红色家风

第十章 红色家风

若非六岁的时候，随祖父和父亲去红其拉甫国门跟部队联欢，我还不知道原来祖父和父亲是如此不一样的人。

之前在我眼里，祖父是最慈祥的祖父，经常把我揽在怀里，逗我笑，给我变好吃的。父亲是最好的父亲，虽然整天忙得不着家，但是，会唱歌给我听，即使我淘气也不舍得说一句。

他们平时看上去跟别人的祖父、父亲并无不同。可是在红其拉甫就完全是另一番情形了。我的祖父和父

·我的父亲拉齐尼·

亲,无论他们出现在哪里,似乎都备受欢迎,犹如明星一样,被边防战士们围在中间。

那一次的联欢很有意思,锣鼓声震天,大家一起啃羊肉,一起唱歌跳舞,说着交心的话,笑声响成一片。

联欢活动接近尾声,祖父和父亲被请到台上,分享了他们在巡逻路上的精彩故事,赢来一片掌声。活动结束后,父亲端着油漆去给界碑描红。

那是我第一次看到描红。父亲很虔诚,像在举行一个庄严的仪式,认真地描了一遍又一遍。我忍不住好奇走过去,用手摸了摸石碑,问父亲:"爸爸,爸爸,你这是在做什么呢?"

父亲扭头看我一眼,笑着说:"都尔汗,爸爸在描红,你想不想试试?"

我眼睛立刻亮了,用力地点了点头。父亲抱过我,将我放在膝盖上,将刷子塞进我的一只手中,然后用自己的大手捏着我的手,沿着红色的笔画,轻轻地划过。软毛刷子划过的地方,红色的字体瞬间鲜艳了几分,像是渗出的血一样,在刻痕里热烈地流动。

河流是大地的血管和脉搏,那字就是石碑的血管和脉搏。那抹中国红像是活着的,顺着我的手掌瞬间传遍全身,跟血液融为一体,在血管中燥热沸腾。

父亲指着那两个字,认真地教我说:"都尔汗,这两个字是

第十章 ◎ 红色家风

'中国'。"

我跟着小声地念了一遍"中国"。

六岁那年,我除了第一次知道我的祖父和父亲跟别人的祖父、父亲不一样之外,还第一次学会了两个方块字:中国。

我之前见过这两个字的,它们看起来那么熟悉。在祖父的老照片中,在祖父刻的石头上,在父亲守的界碑上,在帕米尔高原巨大的山体上,到处都是这两个字——中国。

在家里的老照片中,祖父拿着十字镐站在雪中,在石头上刻着的就是这两个字。祖父弓着背,刻得格外专注用力。据我所知,祖父不识字,但这两个字却刻得工工整整。

后来我上学了,不时遇见这两个汉字,知道了字的含义,也渐渐明白了祖父和父亲为什么会把这两个字写得这么好。

父亲说过:"只有真正热爱的东西,才会用心。用心的事情就会不一样。"

中国,是他们放在心里终生守护的旗帜。

祖父曾经对父亲说:"这是一块比冰糖还甜的土地,一定要好好守护她。"

我当时觉着祖父这么说好奇怪啊,这么严酷、贫瘠、荒凉、险峻的地方,怎么会是甜的?不仅不甜,这块土地很多时候都是苦的。父亲的巡边路是艰苦的,在群山深处的生活是贫苦的,母亲日复一日的耕种放牧是劳苦的……

但是后来我终于明白,养育我们的土地,无论多么贫瘠,都在竭尽所能供养我们,就如同生养我们的母亲一样,我们的生命仰赖母亲的乳汁,才得以成长延续,母亲的乳汁又怎么能不比冰糖甜呢?这块土地又怎么能不比冰糖甜呢?

或者正是因为太甜,所以才让我们的内心始终保留有一处柔软的地方,来盛放这些泪水与感动。

我的父亲无疑是条硬汉,我很少见他落泪。他总是在笑。第一次见父亲哭是白牦牛死了,他抱着白牦牛泪如雨下。总是在笑的父亲竟然如孩子般痛哭,他的眼泪大颗大颗落下来,脸上满是悲戚,这远远超出我对他的认知。我目睹了这一切,因不解而充满震惊。

我也见到过祖父哭,但是那一次我完全理解。

在父亲出事以后,所有人都在痛哭的时候,祖父面沉如水,没有掉一滴泪,只是冷静地安排着各样事情。但是在晚上,当客人都走了之后,祖父弓着背缓缓坐下来,独自靠在柱子上,低垂着头,肩膀耸动,开始无声地哭泣,汹涌的泪水顺着他的皱纹像溪流一样滑落,无声地滴在他的衣襟上,将他的胸口打湿,像是在胸口烫出了一个洞。

祖父就这样悄然无声地流着眼泪,像是他的身体里全是泪

第十章 ◎ 红色家风

拉齐尼的家人

水,永远也流不完一样。直到有人进来,他才悄悄转身,用手把脸上的泪全部抹去,又恢复了那深不可测的平静。

我是在一瞬间长大的。在那一瞬间,我理解了他们的眼泪。

往事如幻影一般,一波一波出现在我面前,还有那些我早已经遗忘未曾翻起的部分。它们随着飞扬的尘土,落在我的身上,如电流一样,将我击打得生疼。一瞬间,关于父亲的记忆全部复苏了过来,在沉睡的血脉中开始涌动。

我更深刻地明白了"中国"两字的含义,明白了祖父和父亲的深情。我依稀间能见到父亲的背影,他猛然转过身,郑重对我说:"都尔汗,爸爸曾经说要守边40年,如今做不到了,以后你要替爸爸守够40年。"

我一直记得父亲这句话。

大约并非只有我听到了父亲的声音,还有达热亚·夏木比姐姐也听到了。

1月4日,当父亲为救落水儿童不幸牺牲的消息从喀什传到全国各地的时候,在长沙工作的达热亚姐姐正在上班。

她在中午看新闻的时候,突然刷到了一则消息《全国劳动模范拉齐尼·巴依卡勇救落水儿童不幸遇难》,整个人像是被一道闷雷击中了,眼泪一瞬间滚滚落下,可她内心里却不肯相信。拉齐尼叔叔怎么会牺牲呢?她一边哭一边给父母打电话核实消息。

第十章 ◎ 红色家风

电话那头,她的父母在沉默了片刻后,终于说出了实情。电话两端,一家人哭成一团。

她没有跟父母商量,就向公司提出了辞职。之后收拾行李,买了最快的一班车票,回到了塔什库尔干。她没有片刻犹豫,满心只想回到家乡,做一名护边员,去我父亲工作过的护边员执勤点工作,将我父亲未完成的护边任务接过来,继续干下去。

达热亚姐姐之所以如此,是因为我的父亲多年来一直不断地帮助她的家庭,并资助她上学。在她的心目中,我父亲是她最敬重、最佩服的人。

而我也已经想好了,曾经我一直期望自己能考上一所好大学,以后当老师。但是现在我想要考医科大学,做军医。这样,既是医生,又是军人,学成以后回到帕米尔高原,服务家乡,报效祖国。

就在2021年的7月20日,河南出现大暴雨,郑州、新乡、开封、周口等地出现特大暴雨,城市发生严重内涝,多个地方河水暴涨、雨水倒灌、道路垮塌。

祖父知道这件事之后,非常担心,他每天守在电视机前,关注着灾情进展。看到灾情不断扩大,他坐卧不宁。有一天祖父突然把全家人喊到了一起,向我们宣布,他预备捐款给河南灾区。

祖父严肃地说:"我们家三代人,三代党员,为国分忧,义不容辞。拉齐尼是时代楷模,作为他的家人,我们不能落后,更不能给他丢人,国家有事情,我们家必须先站出来。所以我决定把抚恤金拿出20万,捐给河南灾区。"

我们全家人都无比支持祖父捐款,祖父跟我们商量完后,立刻联系县红十字会,协商捐款事宜。

谁知道县红十字会的工作人员一听是我祖父要捐款,立刻强烈反对,对祖父说:"您的钱我们坚决不能要,那是烈士的抚恤金。您的孙子、孙女将来上大学都要花钱,您年龄也大了,身体又不太好,捐款要量力而行。您有这份心意就好,不必捐款了。"

祖父却坚定地说:"拉齐尼牺牲后,党和政府、社会各界十分关心我们,多次来看望我们,让我们倍感温暖。如果拉齐尼还活着,他也一定会这么做的。"

县红十字会的工作人员被祖父的坚持感动了,最后他们含着泪,接受了祖父的捐款,并将捐款迅速转往河南灾区,用于抢险救灾。

那天捐款回来后,祖父特别高兴,像是终于完成了一件大事。那是自从父亲出事之后,祖父脸上难得看见的笑容。

我似乎也能感觉到父亲在冥冥中投向我们的温暖目光。或许父亲一直都在静静地看着我们,并因我们的所作所为而欣慰。

我以有这样无私的祖父和这样无私的父亲而无比自豪,并因自己的血脉赓续于他们而无比骄傲。

第十章 ◎ 红色家风

当年曾祖父和祖父当牦牛向导的时候,村里很多人不理解,觉着他们放着牛羊不管,整天跟部队在一起巡边是不务正业,但是现在,提孜那甫村是远近闻名的红色村庄。在村子里,当护边员不仅是一种风尚,更是一种荣耀。

爱国情怀从我的祖辈父辈们身上就这样延续了下来,不断沉淀生发,融入我们的骨血中。

而这,就是红色家风。

假如我是一只鸟,
我也应该用嘶哑的喉咙歌唱:
这被暴风雨所打击着的土地,
这永远汹涌着我们的悲愤的河流,
这无止息地吹刮着的激怒的风,
和那来自林间的无比温柔的黎明……
——然后我死了,
连羽毛也腐烂在土地里面。
为什么我的眼里常含泪水?
因为我对这土地爱得深沉……
——艾青《我爱这土地》

·我的父亲拉齐尼·

这是我的老师讲的一首诗,当我明白它的含义的时候,心中为之一震。而在我父亲的微信朋友圈里,最后一条动态也是一首小诗:

南　湖

南湖红色的光照亮帕米尔高原,
在晨曦中,我祖父凯力迪别克露出笑颜。
他对祖国安危怀着一颗雄鹰般警惕的心,
他视巡边为自己义不容辞的职责和担当……
祖父和父亲的精神鼓舞着我雄鹰般飞翔,
我以钢铁般的意志,日夜巡逻在冰峰雪岭间。

这是父亲在喀什大学学习期间,在一个平静的冬日早晨所生发的感慨,并不华丽,却真情流露。

在隐秘的空间中,在思想所及的角角落落,父亲似乎在不经意间,为我留下无数的生之密码,不断地传递着生命的价值。

生命会在某一刻戛然而止,生命的意义和价值却是一条永不停息的河流。

我理解了父亲的选择,也因此明白:"生命周而复始,你来我往。存在的意义,不在于多久,而在于如何存在。"

死亡从来不是生命的终点,毫无意义地活着才是。从此,在我

第十章 ◎ 红色家风

的生命底色中,不只有长久的悲伤,同样也充盈着回忆、爱和希望。

我们终其一生,都在时代的洪流中书写着答案。72年时光中,曾祖父、祖父、父亲,他们都给出了自己的时代答案,如今轮到我交出答案了。

将来,也许我未必能成为耀眼的星辰或者炙热的火焰,但是,我愿意同我的父辈们一样,燃烧自己,照亮别人。

哪怕只是一束微光,也会尽力散发光热,尽力明亮。

若未来父亲问起,如今的帕米尔可好?

我会郑重回答:国富民强,繁荣昌盛,帕米尔由我们建设。它有金山银山,是全世界最美的高原。

若他问:边境线可好?

我会庄严回答:安如磐石,固若金汤,大好河山有我们守护,绝不会让界碑挪动一分一毫。

这就是属于我的时代答案。

·我的父亲拉齐尼·

永远的英雄

图书在版编目(CIP)数据

我的父亲拉齐尼 / 赵青阳著. -- 乌鲁木齐：新疆青少年出版社, 2022.4

ISBN 978-7-5590-8518-4

Ⅰ.①我… Ⅱ.①赵… Ⅲ.①纪实文学–中国–当代 Ⅳ.①I25

中国版本图书馆 CIP 数据核字(2022)第 066512 号

我的父亲拉齐尼　　赵青阳 著

出 版 人	徐 江
选题策划	刘 婷　李 萌
责任编辑	刘 婷　李 萌
书籍设计	吾荣娜
摄　　影	王 烈　姬文志　小强先森　邸 杰
封面插图	黄恒乐
出　　版	新疆青少年出版社
社　　址	乌鲁木齐市北京北路 29 号
邮政编码	830012
电　　话	0991-6239227(编辑部)
网　　址	http://www.qingshao.net
经　　销	各地新华书店
发　　行	新疆青少年出版社发行中心　0991-6239241
法律顾问	王冠华 18699089007
印　　刷	新疆新华印务有限责任公司
开　　本	787 mm×1092 mm　16 开
制　　作	非凡印艺图文工作室
版　　次	2022 年 5 月第 1 版
印　　次	2022 年 6 月第 2 次印刷
印　　张	13
书　　号	ISBN 978-7-5590-8518-4
定　　价	56.00 元

版权所有，侵权必究。印装问题可随时同印厂退换。